BERCEUSE POUR BÉRURIER

DU MÊME AUTEUR

A compter de 2003, les San-Antonio seront numérotés par ordre chronologique d'écriture de Frédéric Dard, qui est aussi l'ordre originel des parutions.
Cette décision entraîne un changement de numérotation des S-A nº 1 à 107. Par contre, la numérotation des S-A nº 108 à 175 reste inchangée. (Voir à la fin de ce volume le tableau de correspondance entre l'ancienne numérotation et celle indiquée ci-dessous.)

1 *Réglez-lui son compte !*
2 *Laissez tomber la fille*
3 *Les souris ont la peau tendre*
4 *Mes hommages à la donzelle*
5 *Du plomb dans les tripes*
6 *Des dragées sans baptême*
7 *Des clientes pour la morgue*
8 *Descendez-le à la prochaine*
9 *Passez-moi la Joconde*
10 *Sérénade pour une souris défunte*
11 *Rue des Macchabées*
12 *Bas les pattes !*
13 *Deuil express*
14 *J'ai bien l'honneur de vous buter*
15 *C'est mort et ça ne sait pas !*
16 *Messieurs les hommes*
17 *Du mouron à se faire*
18 *Le fil à couper le beurre*
19 *Fais gaffe à tes os*
20 *A tue... et à toi*
21 *Ça tourne au vinaigre*
22 *Les doigts dans le nez*
23 *Au suivant de ces messieurs*
24 *Des gueules d'enterrement*
25 *Les anges se font plumer*
26 *La tombola des voyous*
27 *J'ai peur des mouches*
28 *Le secret de polichinelle*
29 *Du poulet au menu*
30 *Tu vas trinquer, San-Antonio*
31 *En long, en large et en travers*
32 *La vérité en salade*
33 *Prenez-en de la graine*
34 *On t'enverra du monde*
35 *San-Antonio met le paquet*
36 *Entre la vie et la morgue*
37 *Tout le plaisir est pour moi*
38 *Du sirop pour les guêpes*
39 *Du brut pour les brutes*
40 *J'suis comme ça*
41 *San-Antonio renvoie la balle*
42 *Berceuse pour Bérurier*
43 *Ne mangez pas la consigne*
44 *La fin des haricots*
45 *Y a bon, San-Antonio*
46 *De « A » jusqu'à « Z »*
47 *San-Antonio chez les Mac*
48 *Fleur de nave vinaigrette*
49 *Ménage tes méninges*
50 *Le loup habillé en grand-mère*
51 *San-Antonio chez les « gones »*
52 *San-Antonio polka*
53 *En peignant la girafe*
54 *Le coup du père François*
55 *Le gala des emplumés*
56 *Votez Bérurier*
57 *Bérurier au sérail*
58 *La rate au court-bouillon*
59 *Vas-y Béru !*
60 *Tango chinetoque*
61 *Salut, mon pope !*
62 *Mange et tais-toi*
63 *Faut être logique*
64 *Y a de l'action !*
65 *Béru contre San-Antonio*
66 *L'archipel des Malotrus*
67 *Zéro pour la question*
68 *Bravo, docteur Béru*
69 *Viva Bertaga*
70 *Un éléphant, ça trompe*
71 *Faut-il vous l'envelopper ?*
72 *En avant la moujik*
73 *Ma langue au chah*
74 *Ça mange pas de pain*
75 *N'en jetez plus !*

76 *Moi, vous me connaissez ?*
77 *Emballage cadeau*
78 *Appelez-moi chérie*
79 *T'es beau, tu sais !*
80 *Ça ne s'invente pas*
81 *J'ai essayé : on peut !*
82 *Un os dans la noce*
83 *Les prédictions de Nostrabérus*
84 *Mets ton doigt où j'ai mon doigt*
85 *Si, signore*
86 *Maman, les petits bateaux*
87 *La vie privée de Walter Klozett*
88 *Dis bonjour à la dame*
89 *Certaines l'aiment chauve*
90 *Concerto pour porte-jarretelles*
91 *Sucette boulevard*
92 *Remets ton slip, gondolier*
93 *Chérie, passe-moi tes microbes !*
94 *Une banane dans l'oreille*
95 *Hue, dada !*
96 *Vol au-dessus d'un lit de cocu*
97 *Si ma tante en avait*
98 *Fais-moi des choses*
99 *Viens avec ton cierge*
100 *Mon culte sur la commode*
101 *Tire-m'en deux, c'est pour offrir*
102 *A prendre ou à lécher*
103 *Baise-ball à La Baule*
104 *Meurs pas, on a du monde*
105 *Tarte à la crème story*
106 *On liquide et on s'en va*
107 *Champagne pour tout le monde !*
108 *La pute enchantée*
109 *Bouge ton pied que je voie la mer*
110 *L'année de la moule*
111 *Du bois dont on fait les pipes*
112 *Va donc m'attendre chez Plumeau*
113 *Morpions circus*
114 *Remouille-moi la compresse*
115 *Si maman me voyait !*
116 *Des gonzesses comme s'il en pleuvait*
117 *Les deux oreilles et la queue*
118 *Pleins feux sur le tutu*
119 *Laissez pousser les asperges*
120 *Poison d'avril ou la vie sexuelle de Lili Pute*
121 *Bacchanale chez la mère Tatzi*
122 *Dégustez, gourmandes !*
123 *Plein les moustaches*
124 *Après vous s'il en reste, monsieur le Président*
125 *Chauds, les lapins !*
126 *Alice au pays des merguez*
127 *Fais pas dans le porno*
128 *La fête des paires*
129 *Le casse de l'oncle Tom*
130 *Bons baisers où tu sais*
131 *Le trouillomètre à zéro*
132 *Circulez ! y a rien à voir*
133 *Galantine de volaille pour dames frivoles*
134 *Les morues se dessalent*
135 *Ça baigne dans le béton*
136 *Baisse la pression, tu me les gonfles !*
137 *Renifle, c'est de la vraie*
138 *Le cri du morpion*
139 *Papa, achète-moi une pute*
140 *Ma cavale au Canada*
141 *Valsez, pouffiasses*
142 *Tarte aux poils sur commande*
143 *Cocottes-minute*
144 *Princesse patte-en-l'air*
145 *Au bal des rombières*
146 *Buffalo Bide*
147 *Bosphore et fais reluire*
148 *Les cochons sont lâchés*
149 *Le hareng perd ses plumes*
150 *Têtes et sacs de nœuds*
151 *Le silence des homards*
152 *Y en avait dans les pâtes*
153 *Al capote*
154 *Faites chauffer la colle*
155 *La matrone des sleepinges*
156 *Foiridon à Morbac City*
157 *Allez donc faire ça plus loin*
158 *Aux frais de la princesse*
159 *Sauce tomate sur canapé*

160 *Mesdames, vous aimez ça*
161 *Maman, la dame fait rien qu'à me faire des choses*
162 *Les huîtres me font bâiller*
163 *Turlute gratos les jours fériés*
164 *Les eunuques ne sont jamais chauves*
165 *Le pétomane ne répond plus*
166 *T'assieds pas sur le compte-gouttes*
167 *De l'antigel dans le calbute*
168 *La queue en trompette*
169 *Grimpe-la en danseuse*
170 *Ne soldez pas grand-mère, elle brosse encore*
171 *Du sable dans la vaseline*
172 *Ceci est bien une pipe*
173 *Trempe ton pain dans la soupe*
174 *Lâche-le, il tiendra tout seul*
175 *Céréales killer*

Hors série :

Histoire de France.
Le standinge.
Béru et ces dames.
Les vacances de Bérurier.
Béru-Béru.
La sexualité.
Les Con.
Les mots en épingle de Françoise Dard.
Queue-d'âne.
Les confessions de l'Ange noir.
Y a-t-il un Français dans la salle ?
Les clés du pouvoir sont dans la boîte à gants.
Les aventures galantes de Bérurier.
Faut-il tuer les petits garçons qui ont les mains sur les hanches ?
La vieille qui marchait dans la mer.
San-Antoniaiseries.
Le mari de Léon.
Les soupers du prince.
Dictionnaire San-Antonio.
Ces dames du Palais Rizzi.
La nurse anglaise.
Le dragon de Cracovie.
Napoléon Pommier.

Œuvres complètes :

Vingt-neuf tomes parus.

Morceaux choisis :

1. *Réflexions énamourées sur les femmes*
2. *Réflexions pointées sur le sexe*
3. *Réflexions poivrées sur la jactance*
4. *Réflexions appuyées sur la connerie*
5. *Réflexions sur les gens de chez nous et d'ailleurs*
6. *Réflexions passionnées sur l'amour*
7. *Réflexions branlantes sur la philosophie*
8. *Réflexions croustillantes sur nos semblables*
9. *Réflexions définitives sur l'au-delà*
10. *Réflexions jubilatoires sur l'existence*

Mes délirades

SAN-ANTONIO

BERCEUSE POUR BÉRURIER

Fleuve Noir

ISBN 2-265-08293-7
ISSN 0768-1658

A Jean Berthe

Ces pages où il est question d'une autre Berthe.

S.-A.

CHAPITRE PREMIER

Dans lequel il est prouvé que des inséparables se séparent difficilement.

J'ai toujours proclamé qu'il existait deux catégories de femmes : celles qu'on a envie d'accrocher à son palmarès ; et puis les autres.

Des autres, je n'ai rien à dire, n'ayant rien à en foutre, comme on dit dans les salons du faubourg Saint-Germain (les mieux achalandés en grammairiens) ; mais il me plairait de subdiviser la première catégorie.

Parmi les nanas qu'on aime à honorer de sa présence, il faut distinguer celles qu'on se farcit sans ostentation, because elles ont une avarie à la coque, et celles qu'au contraire on aime trimbaler dans les lieux surpeuplés, histoire de prouver à ses contemporains qu'on possède du sex-appeal à ne plus savoir où donner de la tête et des jambes.

Wenda, je vous le dis sans plus attendre, appartient à la seconde subdivision de la première catégorie. C'est de l'article de grand luxe, pour l'exportation. La preuve c'est qu'elle a été importée de Russie par son père. L'histoire de M. Fépaloff, je la connais sur l'extrémité du médius, Wenda me la narrant chaque fois qu'elle a bu un whisky de trop. Or l'une des particularités de ma déesse, qui en possède bien d'autres, c'est précisément de toujours boire un scotch de trop.

Fépaloff, lors de la révolution, eut sa rougeole, comme tout un chacun. Il fit partie du parti, mais en partit quelques années plus tard pour des raisons qui ne sauraient engager que sa responsabilité. Il vint alors en France, pour s'enrôler dans les rangs valeureux des G7 et c'est derrière le drapeau de son compteur qu'il poursuivit la lutte contre le sens giratoire, les piétons téméraires, les conducteurs d'autobus outrecuidants et, plus récemment, contre la vignette.

Pour en revenir à sa fille, et pour y rester – car on y est bien ! – laissez-moi vous décrire l'objet.

Elle est grande et flexible, avec une taille de guêpe, des balochards surcomprimés, un valseur sculpté-main, des jambes de cover-girl américaine et un beau visage aux pommettes légèrement accentuées, style Mongole fière. Cheveux blonds, naturellement ; yeux verts, cils en forme de tremplin pour saut à skis et bouche façon vorace, dessinée et peinte par un artiste lubrique.

Je l'ai connue à la générale de *Dans le train c'est meilleur*, la pièce à succès de la dernière saison. Mon ex-condisciple et toujours ami Ted Laclasse, le fameux acteur, m'y avait convié et c'est en allant lui serrer la pogne à l'issue du spectacle (après avoir emprunté l'issue de secours) que j'aperçus Wenda pour la première fois dans la loge de Ted.

C'était son amie.

Or vous le savez : les amies de nos amis sont nos amies. Nous allâmes souper au Porno-Club, la boîte mode (le bœuf du même nom constituant la spécialité principale), nous mangeâmes, bûmes et dansâmes jusqu'à une heure très avancée du matin et Ted Laclasse, fourbu mais triomphant, me demanda de raccompagner Wenda, because cette merveille créchait boulevard Richard-Wallace, c'est-à-dire sur mon chemin.

Fâcheuse imprudence.

Nous n'étions pas à l'Etoile que la fille des steppes avait eu droit à ma première leçon de langues orientales ; à la porte Maillot, elle avait déjà dégrafé le sien et ce fut sous les frondaisons automnales du bois of Boulogne qu'elle m'accorda ma feuille de route et tous les visas nécessaires pour que je rencontre Fidel Castro.

Bref, notre aventure dure depuis bientôt six mois et, contrairement à l'habitude, ne me lasse pas. Vous savez pourtant combien je suis versatile !

On se voit une ou deux fois par semaine, quand mon turbin le permet. Et chaque fois ce sont des virouzes à grand rayon d'action dans le Gross Paris, avec dîners fins, gorgeons, fatifolages homologués sur canapé et défilé aux chandelles.

Ce soir-là, comme je rentre d'une enquête périlleuse, je tube à ma blanche colombe pour lui dire que je suis à sa disposition et lui demander de se mettre à la mienne.

Elle m'assure qu'elle n'attendait que cet instant et nous nous filons rancart.

Je la vois se radiner, deux plombes plus tard, dans un bar discret des Chanzés, froquée façon grand tourisme et peinte au Ripolin Express. Elle porte (avec grâce) une robe blanche qui lui fait une taille comme un anneau de rideau et sur laquelle elle a épinglé une fleur artificielle rouge sang. Ses pompes viennent de chez Durer, de même que le réticule qui leur donne la réplique, et elle tient négligemment sur son bras une cape en peau de rat musclé qu'elle n'a sûrement pas héritée de sa grand-mère.

Notez à son poignet un bracelet en jonc travaillé dans la masse, et vous aurez une idée de la personne. Ajoutez encore, pendant qu'on y est, un parfum inoubliable qui se glisse dans vos narines comme le fils de la maison dans le pageot de la bonniche, et qui vous fait penser à des trucs qui n'ont absolument rien à voir avec le prochain Congrès international de pêche au lancer.

Elle s'annonce vers ma table, de sa démarche flottante, et j'admire si fort cette apparition que je tarde à me lever de mon siège pour lui présenter mes devoirs.

— Bonjour, gazouille Wenda. Je suis en retard ?

Je lui assure que non, bien que je fasse le poireau depuis une heure d'au moins soixante minutes.

Elle pose sur la banquette son capital et je lui saisis la main avec intérêt.

— Scotch ? je questionne pour la forme.

Elle bat des cils, bien décidée à démarrer sa

petite séance d'éthylisme en chambre. On se met à jour style comment-ça-va-chez-toi-comment-ça-va-chez-moi, puis on inscrit à l'ordre du soir le programme des réjouissances.

En ce qui concerne votre gars San-A., il est pour un petit banquet à deux têtes suivi d'une excursion dans une mansarde à grand spectacle de la rue de Courcelles, mais la môme sollicite un supplément au programme.

— J'aimerais aller au music-hall avec toi, chéri, roucoule-t-elle. Figure-toi qu'il y a en ce moment à l'Alcazar le Petit Marcel.

— Qué zaco ? m'enquiers-je en italien.

— Tu sais, le fameux hypnotiseur. Il endort n'importe qui, n'importe où. C'est un Egyptien, je crois. Une de mes amies l'a vu à l'œuvre, il paraît qu'il est sensationnel...

Je réprime un bâillement. Moi, le music-hall, j'aime ça à condition qu'il y ait du mouvement. S'il s'agit d'aller voir pioncer des pékins, je préfère m'annoncer dans la salle d'opération de la Riboisière ou de Marmottan, because dans un hosto, en plus du sommeil, il y a du sang et du suspense.

Mais comment ne pas souscrire aux désirs d'une poupée fabriquée comme Wenda, alors qu'il vous arrive de souscrire à l'emprunt charbon-acier ?

Je lui scelle mon manque d'enthousiasme et je me paie un sourire de vingt-cinq centimètres, façon grand standing avec alvéole pour le cigare et dent en or au fond et à gauche.

— Voilà une merveilleuse idée, mon ange. L'homme qui remplace le gardénal, ça doit valoir la gobille.

Elle est toute joyce, la mignonne. Sa main intrépide se faufile en loucedé dans mon deux-pièces avec alcôve pour une caresse prometteuse. M'est avis, les potes, que si le marchand de sable de l'Alcazar ne m'endort pas, je vais avoir droit à une séance de nuit à la chambre, digne des grands moments de l'histoire.

On écluse nos godets, comme dit Jacques, et on s'apprête à aller se refaire des calories dans un petit restaurant pas mal de ma connaissance où le patron a du brouilly tout ce qu'il y a de sincère et l'art d'accommoder les restes.

Une fois dans ma tire, manière de faire des gammes, je lui titille les sœurs Etienne. Cette gosse, croyez-moi, c'est une prise de 220 volts. Dès que vous y portez la paluche, vous avez l'épine dorsale qui se transforme en fermeture Eclair.

On va baffrer, parce que le type qui vous a

raconté qu'on pouvait vivre d'amour et d'eau fraîche s'est payé votre hure, ou alors il avait un ulcère à l'estom'. L'amour, au contraire, ça demande du carburant. Les rois du pageot, vous y trompez pas, ce ne sont pas ceux qui s'engraissent à l'eau de source, mais les champions de la bouffe. Le lit et la table sont cousins germains, la preuve ils sont horizontaux l'un et l'autre. D'ailleurs ne dit-on pas « noces et banquets » ? Cette association est éloquente, et point n'est besoin d'avoir fait ses études à la Faculté de Bouffémont pour le comprendre.

Lorsqu'on a la boîte à ragoût colmatée, on met le cap sur l'Alcazar.

Le Petit Marcel attire du trèpe. Les amateurs de mystère sont nombreux. Les hommes, vous les connaissez. Ils ont besoin d'étrange et de surnaturel. Leur pauvre peau les gêne aux entournures. Le soleil, les arbres, les petits oiseaux, ils ne les trouvent baths que dans les films, autrement, ce qu'il leur faut, c'est de l'extase, de l'incroyable. Ils sont pour la lévitation, ils chérissent l'ectoplasme et il y a dans le cœur de chacun une Bernadette Scoubidou qui roupille.

Une queue pour distribution-de-matièresgrasses-pendant-la-guerre piétine devant la façade pour avoir droit au grand frisson.

Tous les émerveillés de Pantruche sont là, avec leurs bourgeoises, tous les insomniaques, tous les crédules incrédules, tous les incrédules crédules. Ils veulent voir administrer les doses de ronflette : le voir pour y croire ! Ils y croient déjà. Ce qu'ils demandent, ces soi-disant cartésiens, c'est une confirmation ; le feu vert à leur bonne volonté de pigeons.

Comme je ne m'en ressens pas pour piétiner le comblanchien de l'Alcazar, entre le dargif de m'sieur Dupont et le durillon de comptoir de m'sieur Dubois, je file vers le monsieur habillé de sombre qui surveille les chicanes, je lui montre ma carte et je lui explique qu'il serait un chef s'il m'obtenait deux orchestres. Pour l'inciter au zèle, je lui téléphone un bif d'une demi-jambe dans le creux de la paluche et il s'empresse de me donner satisfaction.

Pendant qu'il parlemente avec la marchande d'illusions, j'achète le programme-qui-n'est-pas-vendu-dans-la-salle à une pin-up brune teinte en roux et je l'offre galamment à Wenda.

Dès que nous sommes assis, à bonne distance de la scène, ma camarade de vertige ouvre l'opuscule. Tout de suite on se trouve naze à naze avec la photo du Petit Marcel.

Wenda se pâme devant le regard du mage.

— Tu as vu ces yeux, chéri ?

Il est pourtant pas lobé, le roi du fais-dodo-mon-petit-frère ! On dirait un ouistiti, en moins bien. Il porte l'habit, bien qu'il ne fasse pas le moine. Ses tifs épais sont calamistrés au B.P. 40. Il a le visage aigu, le nez étroit comme un coupe-papier, les sourcils comme deux morceaux de charbon de bois et, en dessous, des yeux de chat en proie aux affres de la constipation. Si Wenda avait aperçu ce quidam dans la rue, elle ne lui aurait pas accordé la plus légère attention, tellement il est tartouse et passe-partouse ; seulement de connaître son singulier pouvoir et de mater sa frime sur ce programme, ça l'excite, ma toute belle. Les grognaces, c'est toujours comme ça : avides de prestige et de mâles glorieux.

N'importe quel cavillon pas fumable a sa chance auprès de la plus choucarde pour peu qu'il porte un uniforme ou qu'il ait son blaze dans un canard. Et alors, s'il se produit sur une scène, c'est le grand choc ! Il peut s'annoncer avec de l'hydropisie, une tronche en quartier démoli et des plaies variqueuses, tout le bonheur est pour lui.

Notez qu'il y a un pendant à cet état de choses, ou plutôt un revers. Les types célèbres sont cornards comme tout un chacun, because les nanas aiment qu'on se renouvelle. Voyez Mme Victor Hugo par exemple, qui se farcissait le père Sainte-Beuve malgré sa tronche en forme de fesses-de-couturière-assise et sa calotte de pharmago. Faut pas non plus se figurer les bonshommes à travers leur cliché du Larousse.

Bref, ma Wenda, comme Charles Quint, est dans tous ses états lorsque le rideau se lève.

Une voix féminine annonce au micro la venue « de celui que vous attendez tous, de celui dont le pouvoir surnaturel, etc. ».

Un temps. Le Petit Marcel fait son entrée. Il est plus minuscule que ne le laissait présager son portrait.

Ce zig, faut qu'il tousse ou qu'il se peigne en rouge pour se faire remarquer en ville.

Il s'annonce jusqu'à l'emplacement du trou du souffleur. Il braque sur le public silencieux son regard d'aigle, ou pour le moins de vrai faucon. Un frisson passe le long des échines avec un bruit de vent dans des branchages d'automne. Le ouistiti se met à vendre sa salade.

Il se lance dans des explications aussi

confuses que scientifiques pour nous révéler qu'il est né commak et qu'il n'en tire pas vanité. Un gars simple, quoi ! Il a un don et il ne se prend pas pour un superman pour autant. Y en a qui viennent au monde avec une dent, d'autres avec les millions de leur papa ; lui, ç'a été avec son fluide.

Avouez qu'arriver à une situation aussi solide avec du fluide, c'est un tour de force qui bouleverse les règles de chimie et de physique.

Il s'exprime dans un françouse très correct, mais avec un accent étrange, suave et sur un ton monocorde qui déjà vous donne envie de vous foutre dans les torchons avec une bouillotte et les œuvres complètes de Claudel.

Le Petit Marcel a mis au point une tartine adéquate. Il inspire confiance et c'est là sa force principale. Le fin des fins consiste à paraître affligé d'avoir ce don ; de le coltiner comme un fardeau. Il semble vouloir se faire plaindre, style : ce que ça doit être bon d'être un homme normal !

Et ça prend du tonnerre sur les bonnes croûtes peuplant l'Alcazar.

Près de moi, il y a une vieille dame qui essuie ses moustaches au bord desquelles perle une larme. A deux rangées, j'aperçois un ancien colonel en retrait (et en retraite) qui se passe la Légion d'honneur comme pour la transformer en rosette.

Enfin le fakir en finit avec son baratin.

Il promet qu'il va endormir tous ceux qui voudront bien monter sur le podium. C'est sans douleur, ça ne laisse aucun trouble psychique : au contraire, ça relaxe.

Il se tait et lance à l'assemblée frémissante un geste d'invite.

Les fauteuils commencent à claquer. Une bonniche en rupture de militaire se précipite, suivie aussitôt par un grand creux aux tifs en brosse. D'autres personnes de bonne volonté, bravant la curiosité vaguement ironique de leurs contemporains, montent à l'assaut de la scène.

Ils veulent se faire faire une passe. La poudre aux châsses, ça les tente, ils ne peuvent pas se retenir.

Je souris discrètement en voyant ces pégreleux volontaires. Des zigs qui sont partants pour l'aventure, il y en a toujours eu, et il y en aura toujours : des qui s'inscrivent en priorité pour prendre des fortins, faire sauter des ambassades ou pour décarrer dans la Lune ; des qui veulent expérimenter avant les autres les nouveaux appareils à déboucher les éviers ;

le rouge à lèvres au miel de Narbonne ; les bagnoles téléguidées ou les nouvelles venues de la rue Caumartin.

— Tu n'as pas envie d'y aller voir, amour ? me demande Wenda.

Elle aimerait me voir faire la patate derrière la rampe !

Ça la ravirait que je tombe dans les quetsches et que j'ôte mes godasses, que je mime Bobet dans le Tourmalet ou bien le gazier qui se farcit l'Annapurna sans escale.

Et si le Petit Marcel me cloquait un bada à plumes sur la tronche et me faisait jouer du tuba, ce serait le gros délire, la joie suprême. Je vous le répète : elles n'ont pas de pudeur.

— Non, merci, riposté-je, j'ai payé ma place pour assister à un spectacle, pas pour en donner un. Le jour où je grimperai sur les planches, ce sera dans un programme de ma composition et s'il s'agit d'un spectacle d'illusion, c'est le gars Mézigue qui fera l'illusionniste.

Elle hausse ses belles épaules résignées.

— Dommage, ç'aurait été amusant !

Je vais pour protester, mais la boucle à double tour, terrassé par la surprise.

Parmi les nombreux spectateurs volontaires qui grimpent sur la scène, j'en découvre un que je connais bien pour l'avoir pratiqué pendant un sacré bout de moment. Ce spectateur, d'ailleurs, ne saurait passer inaperçu. Il est énorme, cradingue, majestueux, rubicond, pas rasé, vineux, triomphant, sûr de soi. Il porte un costar qui fut marron, qui est devenu gris et qui deviendra complètement noir au fil des ans ; une chemise vert-d'eau à l'origine, mais vert-de-terre à présent ; une cravate à carreaux rouges et noirs ; des chaussettes violettes (très modestes du reste) et d'énormes ribouis dont les semelles ont tendance à se faire la paire.

Il est coiffé d'un chapeau qui servit pendant des années de coussin et de paillasson ; un chapeau marron, au ruban noir et au rebord gondolé, dont la doublure de cuir descend très en avant sur le front du sujet, telle une couronne.

Du sujet qui semble un tantinet beurré.

Du sujet qui mâchouille une allumette.

Du sujet qui se gratte furieusement l'entrejambe afin de réveiller ses nombreux locataires.

Du sujet enfin qui a pour nom Bérurier, et pour prénoms Benoît, Bertrand, Gaston, Alexandre, époux légitime de la gente ogresse Berthe Zifolard, femme adultère sans profession.

CHAPITRE II

Dans lequel Béru-le-grossium, après être devenu Béru-le-médium, se met à ressembler à un fumeur d'opium. Et ce qui en découle.

Ils sont une vingtaine de tordus, alignés en un demi-cercle mouvant et émouvant, face au public aimé.

Un peu gênés, naturlich, les mains au dos, façon Philip d'Edimbourg (comme dit Elisabeth : avec Philips c'est plus sûr), les targettes à l'équerre, les châsses fuyants, le naze plongeant ; troublés mais contents, intimidés mais ruisselants d'une bienheureuse attente.

Le Petit Marcel annonce qu'il va s'emparer de leur volonté et la carrer dans sa poche avec son tire-gomme par-dessus.

Il examine un à un ses sujets.

Une demi-douzaine de gonzesses hystéros sur les pourtours ; un militaire habillé en soldat ; quatre employés de bureau, trois jeunes glandouillards venus là pour jouer les fiers-à-bras, un vieillard sceptique ; plus un nain qui doit être employé comme nain dans un cirque, deux étrangers employés comme travailleurs étrangers en France et enfin l'ahurissant Bérurier.

Beau cheptel. Le Musée de l'homme (et de la femme réunis) paierait très chérot pareille collection. J'imagine ce beau monde, décarpillé jusqu'à l'os et installé dans des vitrines sous les yeux attentifs d'étudiants à bésicles.

Quand le Petit Marcel a fini de les mater droit aux cocards, ses sujets sont flottants, indécis. On dirait que leur disjoncteur vient de péter.

Ce sont des sujets qui ne s'accordent plus avec l'auxiliaire être, ni avec l'auxiliaire du Petit Marcel : un mastar en bras de chemise qui circule derrière eux, prêt à les agripper lorsqu'ils partiront en digue-digue.

L'un des jeunots rigole ostensiblement, afin de bien montrer qu'il est immunisé contre le fluide du petit Marcel. Le mage, ça le rend furax. C'est le zig en question qu'il choisit en priorité. Il s'amène sur sa pomme, lui cramponne une étiquette entre le pouce et l'index, à la Napoléon, et il se met à lui souffler dans la feuille. Ça dure commako deux minutes.

Après quoi il lui biche le poignet et le mate en plein dans les vasistas.

Le jeunot ne se marre plus. Il a les yeux qui font bravo. Quelques instants encore et le fakir n'a qu'une pichenette à lui administrer pour que môssieur l'incrédule prenne son ticket de dorme et parte à la renverse. L'auxiliaire le soutient pour freiner la chute. Il l'allonge sur le plancher où le gars en écrase menu, les bras à l'alignement du blue-jean, les baskets en flèche.

Quelques enthousiastes, dont Wenda, se mettent à applaudir dans la salle. Mais le Petit Marcel, d'un geste impérieux, leur fait signe de jouer les manchots. Le silence, c'est sa matière première à cet artisan du dodo.

Il continue de faucher les gnaces, les uns après les autres, en commençant par les gonzesses, because ces petites natures sont plus faciles à caoutchouter que les autres.

Vous l'avez déjà deviné, parce que, malgré votre air, vous n'êtes pas complètement abrutis, moi, ce que j'attends, c'est la descente du gars Béru.

Je me dis que le hasard est poilant tout de même. Venir par accident dans ce music-hall et assister à un exploit extra-policier de Béru, c'est de la veine, quoi !

Qu'est-ce qui lui a pris, à l'Enflure, de se donner de la détente ? D'un regard résolument circulaire j'inspecte la salle, pensant apercevoir la baleine du Gros avec son copain le pommadin ; mais B.B. (autrement dit Berthe Bérurier) ne se trouve pas dans les horizons. Ils se sont peut-être farci des mezzanines, ce qui expliquerait que la gravosse échappe à mon radar.

Le petit Marcel, enfin, s'approche de mon confrère et je ne puis réprimer un gloussement.

— Pourquoi ris-tu ? demande la belle gosse. Tu ne trouves pas ça impressionnant, toi ?

— Justement, expliqué-je, c'est nerveux.

Le mage est en train de tourner autour du Gros comme un balai autour d'une ordure repoussante. Il semble pas très chaud pour lui empoigner l'étagère à mégots non plus que pour y souffler dedans. L'haleine du gars Béru, croyez-moi, a priorité sur celle de l'Egyptien. Si l'Obèse lui balance un coup de lance-flammes parfumé au brouilly, je suis prêt à vous parier que c'est le Petit Marcel qui s'écroulera.

Le Mahousse, pas intimidé du tout, est en train de considérer le mage avec une totale sérénité. Le Petit Marcel doit regretter de ne pas s'être muni d'un gros maillet de tonnelier ; c'est l'accessoire indispensable lorsqu'on veut hypnotiser Béru. Ou alors il faut se le faire au penthotal, dose cheval.

Quelques spectateurs plus spirituels que les autres, et sensibles à la qualité de la scène, émettent quelques rires. Le Petit Marcel rompt le contact. Peut-être que c'est Béru qui lui a fait sauter un plomb ?

Il va vers la coulisse, dit quelque chose qu'on entend pas à quelqu'un qu'on ne voit pas et voilà qu'une dame apporte une chaise.

Le siège est placé devant le derrière du Gravos.

Le Petit Marcel l'invite à y prendre place et mon brave Bérurier dépose sa demi-tonne sur la chaise.

Le fakir passe derrière lui. Il applique ses deux mains sur les deux Wonder de mon copain tandis que son assistant tient la bouille du Gros, de face. Le Petit Marcel chuchote des trucs dans le conduit auditif de Béru. Je n'en crois pas mes sens. Voilà le gazier Béru qui se met à dodeliner. Sa grosse tronche de pachyderme tombe en avant. Le mage poursuit son avantage. J'sais pas ce qu'il débigoche au Gros, mais ça doit être l'équivalent sonore du chloroforme. En moins de temps qu'il n'en faut à un athlète français pour se faire éliminer des Jeux olympiques, l'inspecteur Bérurier est dans les vapes.

Le fakir se redresse, ôte ses mains, et tout un chacun peut constater que ça n'est pas du bidon : l'Ignoble dort bel et bien, immobile sur sa chaise, les mains ballantes, la tête un peu penchée.

Cette fois, l'assistance applaudit, au risque de réveiller les sujets. Le Pctit Marcel fait un salut pour remercier et s'éponge le capot avec un fin mouchoir de soie.

— Tu vois comme il a triomphé de cet affreux gros lard, me chuchote Wenda.

J'ai le palpitant serré en voyant mon cher Bérurier dans cette attitude grotesque. S'il se met à jouer les pitres dans les music-halls parisiens, il va être bonnard pour la mise à pince.

Maintenant, tout le monde est out sur la scène. Ça va être du gâteau pour le Petit Marcel. A lui la haute fantoche. Les pieds au mur, la statue grecque, la danse du scalp et un tas d'autres trucs qu'il va faire faire à son orchestre de pionceurs.

Effectivement, il attaque Béru.

— Comme vous êtes fatigué ! lui dit-il.

C'est bon de se coucher après une aussi dure journée !

« Allez, au lit !

Et voilà mon hotu qui se dresse, lourdement comme un ours qui se serait tapé une boîte d'Equanil.

— Tenez, il est là, votre lit, poursuit le Petit Marcel en lui désignant le plancher.

Le Gros titube. Il a les yeux fermés et on dirait qu'il est dégringolé dans un tonneau de miel.

Il va pour s'étendre à terre, mais l'Egyptien le retient.

— Vous allez froisser vos vêtements, lui dit-il.

Alors là, c'est la grande marrade dans la salle. Les fringues à Béru, pour pouvoir les froisser, il faudrait au préalable les repasser.

Comme serpillière on ne peut rêver mieux.

Voilà mon gros lard qui ôte sa veste, aidé du mage. Il dénoue sa cravate vernissée par la graisse au point qu'on la croirait taillée dans de la toile cirée, puis sa chemise et il apparaît en Rasurel déchiré, pour la grande joie de la populace féroce.

Son maillot de corps, il ne l'a pas changé depuis cet hiver de 1938 au cours duquel il en a fait l'acquisition pour traquer une bronchite vicieuse. Il fait partie intégrante de son individu. Le jour où il l'enlèvera, ce sera à la lampe à souder ou au décapant ; et encore ! Une bonne partie de sa peau viendra avec.

Je me dis que si jamais le Petit Marcel lui ordonne d'ôter le sous-vêtement, la Gonfle va se réveiller, vu qu'il est douloureux de s'arracher le derme.

Mais, futé, c'est son falzar que le Petit Marcel lui enjoint de poser. Alors, là, c'est le raz de marée dans l'assistance. Le raz de marrage, plutôt !

Il fait fureur, le calcif-mode du Gros. Un calbart long, vous avez rectifié de vous-même, et à petits carreaux bleus vu qu'il a été taillé par la Berthe dans des rideaux bonne-femme. Du coup on ne s'entend plus respirer. Les éclats de rire tirent même de sa léthargie la bonniche rondouillarde du début et le fakir est obligé d'aller faire une passe d'urgence pour la replonger dans le sirop.

Bref, c'est la soirée des grands soirs. Il fait un triomphe avec un tel médium, le Petit Marcel. S'il était marle, il engagerait le Gros à l'année, pour partir à l'assaut des capitales comme aurait dit le frère de Karl Marx (in english the Marx brothers).

Enfin ça se tasse et la séance se poursuit allégrement.

Je vous passe les astuces du mage ainsi que les exercices qu'il fait exécuter par sa tripotée de locdus : orchestre de chambre avec des instruments ménagers en guise d'instruments de musique, course de régates, de chevaux et de motos…

C'est rigolo un moment, mais comme ça procède toujours de la même astuce, ça finit pas vous courir sur l'haricot et il n'y a plus que les *fans* style Wenda pour trouver le spectacle pharamineux.

Comme tout a une fin, au bout de deux heures et demie de ces turpitudes, le Petit Marcel réveille ses zigotos. La frime des sujets, c'est, au fond, le meilleur de la soirée. Ils sont ahuris, les gars, en se retrouvant pieds nus ou en calcif. Les lumières de la rampe et les applaudissements féroces du public les chavirent. C'est le coude au corps vers les coulisses à la recherche du bénard indispensable et des chaussettes trouées.

Le Béru fait une bouille qui collerait la migraine à un troupeau de rhinocéros.

Il passe deux doigts fortement onglés par l'entrebâillement de son calcif pour calmer ses morbachs turbulents. Il a le médius apaisant, le médium. Ses poux de corps devaient être allergiques aux passes magnétiques du Petit Marcel et ils disputent le cent dix mètres haies avec un acharnement que seule pourrait affaiblir une application d'onguent gris.

Enfin, le Béru imite ses frères-en-au-delà et disparaît dans la coulisse.

Le rideau tombe. Ses plis enveloppent un instant, tels ceux d'une immense cape de mousquetaire, la silhouette chétive du Petit Marcel.

Musique entraînante par le pick-up de l'établissement. Salut mécanique du triomphateur. Lumières dans la salle et ratissage des travées libérées par les ouvreuses avides de porte-monnaie perdus.

— On va boire un godet en face, fais-je à ma reine d'un jour, et tu m'excuseras deux minutes, il faut que j'aille serrer la mains au sous-directeur-adjoint du théâtre qui se trouve être le cousin d'un ami de régiment à mon capitaine.

Dès que j'ai installé la donzelle devant un Black and White entièrement yellow, je fonce par l'entrée des artistes à la recherche de Béru. Je n'y tiens plus et j'ai besoin de lui mugir son fait sans attendre à demain.

Je vais lui expliquer que lorsqu'on est flic

et qu'on a sa hure, on peut s'abstenir de jouer les Zavata du dimanche.

Un machino m'indique le chemin et je débarque dans une pièce attenante aux coulisses, où quelques-uns des sujets achèvent de récupérer leurs loques.

— Où est le gros type dégueulasse qui se trouvait avec vous sur scène ? m'enquiers-je fort civilement.

Le vieillard enrhumé me dit, en rajustant son bandage herniaire, que l'intéressé s'est hâté de prendre ses hardes et de filer.

Manque de bol, je l'ai raté.

Je m'en vais, plus rageur que je ne suis entré, en me promettant des représailles saignantes sur la personne (le mot est aussi gros que Béru) de mon subordonné.

*
* *

La séance, boulevard Richard-Wallace, est plus captivante que celle de l'Alcazar. En toute modestie, je puis vous certifier qu'au bout de dix minutes, la môme Wenda a oublié tous les mages, rois mages, marchands de philtres et de mystères, jeteurs de sorts, et autres fabricants de mirages de la création.

Le Petit Marcel est peut-être le roi du surnaturel, seulement votre gars San-A., lui, est l'empereur de la réalité.

Pour vous dire qu'à l'heure où je mets sous presse, l'Egyptien peut retourner dans son pays, où s'effectuent d'ailleurs les fuites les plus célèbres. Il lui est sorti de l'esprit, à Wenda. Cette gosse ne peut pourtant pas accueillir trop de monde à la fois.

Pour la corrida, prière de se faire adresser les détails par son toréro habituel ! Feu Manolete, à côté de Bibi, avait l'air d'un paralytique enlisé dans un pot de colle forte. Mes passes de cape sont dignes des plus grandes gloires tauromachiques, ma pose de banderilles est sans reproche, mon service de picador au-dessus de tout éloge ; quant à ma mise à mort, elle déchaîne l'enthousiasme général. J'ai droit aux deux oreilles, au nez, à la bouche et à une carte de circulation gratuite dans le métropolitain ! Du délire, je le répète. La foule crie : encore, olé, bravissimo, plus des onomatopées intraduisibles en argot. Faut dire, à ma décharge, que je suis tombé sur une belle bête. Le seul inconvénient, avec cet animal de classe, c'est qu'un jour ou l'autre on est assuré de porter des cornes. Par osmose, quoi !

Je reçois donc les félicitations du jury, à

l'unanimité plus ma voix, et je prends congé de Wenda sur ces nouvelles prouesses. Ce qu'il y a de duraille, en amour plus qu'en littérature, c'est de se renouveler. Remarquez bien : chaque fois que vous levez une nouvelle frangine, vous commencez par lui déballer vos articles courants, puis vous tapez dans les réserves afin de lui produire les pièces rares et le jour vient vite où, ayant mis à sac votre magasin, la coquine, pas bêcheuse, vous dit que « ça-va-bien-merci-je-vais-réfléchir ». Le coup du « laissez-moi-votre-adresse-on-vous-écrira », en somme. Seulement, la bafouille, vous pouvez toujours bivouaquer devant le guicheton de la Restante : elle radine jamais.

Vous vous dites, bonne pomme, qu'elle a sans doute été insuffisamment affranchie, alors qu'en fait c'est vous qui ne l'êtes pas assez !

A ce mal un seul remède : rompre les ponts le premier afin de sauver la face. Comme ça, c'est vous qui avez l'air du déçu et votre orgueil est intact. Il est tellement fragile, celui-là, qu'il faut toujours bien l'envelopper.

En renouant ma cravetouse, je mate le châssis de Wenda dans la glace de sa chambre. Elle est superbe dans son impudeur satisfaite. Une femme comblée, c'est le plus beau spectacle dont un homme puisse rêver. Votre San-A. chéri songe avec amertume qu'il va falloir raccrocher son arme au râtelier avec médème. On s'est offert le meilleur, Wenda et moi. Une liaison, quand elle s'éternise, ça devient vite un poids mort. On fait semblant d'y croire encore un moment, et puis après on la laisse se décomposer parce qu'on n'a plus le courage de se souhaiter le bonsoir.

Demain, je vais choper mon stylo des grands pays : corps galalithe, plume or 18 carats, remplissage automatique, agrafe de sûreté (pour un poulet c'est l'idéal) et je vais lui torcher ma bafouille 43 ter, avec majuscules, points à la ligne, sentiments distingués et larme écrasée au bas de la page (du vélin supérieur siouplaît). Ensuite de quoi je partirai pendant quelques jours en recommandant à Félicie de passer ma ligne de bigophone aux Japonais absents. En tout, ce qu'il faut déployer, c'est de la technique.

— A quoi penses-tu, mon grand ? balbutie Wenda, d'une voix plus languissante qu'un coucher de soleil sur la baie de Naples.

— A toi, réponds-je du tac au tac, car j'ai été très lié avec une mitraillette.

— Tu le jures ?

Et comme je ne suis pas parjure, je lui jure.

— Et qu'est-ce que tu penses de moi, grand flic adoré ?

— Des choses que je te mettrai noir sur blanc avant que le coq chante trois fois, promets-je.

Sur ce, je lui octroie la galoche princière des nuits de folie avec retenue à la base et je me tire sur l'extrémité des nougats.

Il fait frais et quatre plombes du mat' carillonnent à mon bracelet-montre. J'ai une de ces envies de me fourrer seulâbre dans un lit qui n'est pas dans un hamac !

Ce qu'il y a de chouette quand on est célibataire, c'est qu'on aime rentrer chez soi après avoir honoré une dame.

Parfois, dans ces cas-là, je pense aux autres bipèdes qui sont en mal d'épouse et qui doivent regagner leur niche où Frisette les attend avec un rouleau à pâte, en cherchant des prétextes, en s'essuyant les lèvres avec un mouchoir qu'ils doivent perdre, en mâchant de l'Hollywood à la chlorophylle et en farfouillant sous le capot de leur chignole afin que leurs vêtements reniflent l'essence plutôt que « Ton Etreinte » de chez Lancôme ou Carven.

Je frissonne en pensant aux affres de ces affreux. Je hais ces mensonges qui leur font tant de mal.

Déployer tant d'énergie pour dissiper les doutes de madame et ensuite remettre le couvert vite fait avec elle pour bien lui montrer qu'elle reste la Grande-Duchesse de votre cœur, qu'avec elle on est toujours disponible et dispos, Casanova en diable, qu'elle a fait de vous le Du Guesclin du matelas Simmons, qu'elle vous a définitivement annexé et que sorti de ses bras vous ne pouvez que répondre non à toutes les propositions extérieures, fussent celles d'un référendum, alors oui, ça c'est le bagne, le vrai.

Je traverse le Bois en longeant la Seine, je franchis le pont de Saint-Cloud et, parvenu au rond-point, je vire à droite dans la direction opposée à celle de l'autoroute afin de me farcir la rampe de Saint-Cloud.

Comme je m'y engage, mon ouïe est sollicitée par trois coups de klaxon autoritaires. A pareille heure, alors qu'il n'y a pratiquement pas de circulation, voilà qui ne laisse pas de me surprendre.

Le visage blafard s'encadre par la portière.

— M'sieur le commissaire, fait une voix vaguement connue de mes trompes d'Eustache, on allait justement chez vous.

On stoppe bord à bord, comme deux barlus dont l'un a arraisonné l'autre et je reconnais

Alfred, le coiffeur de la famille Bérurier, celui qui a le bigoudi baladeur et le fer à friser polisson.

A ses côtés, j'avise la baleine du Gros.

Il ne me faut pas longtemps pour joindre mes sourcils au-dessus de mes yeux scrutateurs (il m'en faudrait davantage pour les joindre au-dessous).

— Qu'est-ce qui vous arrive ?

Car leurs frites pâlotes sont plus éloquentes que Me Floriot soi-même. Ils sont hors d'eux, et quand on a la géographie de la Berthe, ça représente une drôle d'inondation.

— C'est rapport à Benoît…

— Eh bien quoi, il a pris une attaque ?

— Il a disparu.

Du coup je me catapulte hors de ma charrette et, délibérément, je viens m'installer à l'arrière de l'Aronde pommadine.

— Que me bayez-vous là ? fais-je en bâillant.

In petto, j'évoque l'époque encore proche où le Gros est venu m'annoncer que sa bergère s'était évaporée[1].

— Eh bien ! je vais tout vous expliquer, mon cher ami, susurre la baleine.

1. Cf. : *On t'enverra du monde.*

Elle porte une robe en satin mauve, ornée d'un jabot de dentelle blanche ; quatorze rangs de perles autour du goitre, une fleur grande comme un nénuphar sur le poitrail, des boucles d'oreilles cueillies au lustre de la salle des fêtes du septième et, dans les cheveux, un superbe peigne en écailles d'huître véritables agrémenté d'incrustations en celluloïd.

L'aigrette de sa verrue tremble comme le plumet d'un saint-cyrien et des larmes se mêlent au jaune d'œuf agrippé à ses moustaches.

— Ce soir, explique-t-elle, nous fêtions l'anniversaire d'Alfred.

Courbette d'Alfred qui se fait péter la bouille contre son rétroviseur.

— Soudain, coup de téléphone. Mon époux décroche…

« Il revient dans la salle à manger en nous disant que vous veniez de l'appeler pour lui demander de faire une course urgente. Il nous assure qu'il n'en a pas pour plus d'une heure et nous fait jurer qu'on débouchera pas le champagne avant son retour.

Alfred prend le relais car la Gravosse a fini sa provision d'oxygène.

— Nous l'avons attendu une heure, puis deux…

B.B. a empli ses éponges et repart au blabla.

— … puis trois, enchaîne-t-elle avec précision. On a alors téléphoné z'au bureau où personne ne l'avait vu ni vous. Puis z'à votre domicile où votre maman nous a dit que vous étiez de sortie…

— Alors on a bu le champagne pour se remonter le moral, révèle Alfred.

— En en laissant une coupe à mon époux, rectifie la baleine.

— A quelle heure Béru est-il parti ?

— Sur les choses de 20 h 30, répond Alfred qui a eu un chef de gare dans ses ascendants.

Il ajoute, très homme du monde :

— Vous concevez notre inquiétude, m'sieur le commissaire ?

— Je la conçois, affirme le commissaire pressenti.

— C'est vous qui l'avez appelé, mon Benoît ? demande la baleine, perfide.

Il lui vient une idée louche à cette rogneuse. Des fois qu'après avoir polissonné avec la donzelle pendant qu'elle-même se faisait roder les soupapes à chaud par le superman de la coupe-rasoir, oui, des fois qu'il se serait endormi sur le tas, Béru ? La ronflette d'après repas et d'après délices, c'est assez dans ses mœurs.

— Oui, mens-je. C'est moi. Je l'ai envoyé porter certains documents au ministre de la Défense, et ce dernier, pris en conseil superministériel, l'aura fait attendre.

— Jusqu'à 4 heures et demie ? s'étonne l'abominable Alfred, toujours prêt à porter le coup de Jarnac au mari bafoué.

— Dans les ministères, fais-je, c'est comme dans les cliniques d'accouchement : la nuit n'existe pas.

Sur ces paroles sobrement républicaines, je prends congé du couple en lui recommandant de regagner les pénates du Mahousse pour attendre icelui.

Je rallie ma guinde et je fais demi-tour, ce qui n'offre aucune difficulté, le sens giratoire étant balisé à cet endroit.

CHAPITRE III

Dans lequel Bérurier prolonge un numéro de music-hall qui peut se révéler périlleux.

En musardant dans le Bois où des bagnoles de luxe, bondées de gens luxurieux, rôdent en faisant de l'œil avec leurs loupiotes, j'étudie à tête reposée le cas Bérurier.

Le Gros n'est pas une lumière, bien que son naze rougeoie. Il n'a inventé ni l'eau chaude ni surtout – sa crasse en témoigne – la manière de s'en servir. Mais c'est un gars pas mal dans son genre, et à une époque où, si l'extermination du salaud était décidée, on risquerait de se retrouver pas nombreux, c'est appréciable. Ce coup de grelot reçu en pleine fiesta, il ne l'a pas combiné (si je puis dire parlant d'un coup de fil). Donc, quelqu'un lui a ordonné quelque chose en mon nom.

Qu'a fait Benoît Bérurier, dit Béru, dit le

Gris, dit l'Ignoble, dit l'Enflure, dit la Gonfle, dit le Mahousse, dit le Verre solitaire ?

Il a fait une bibise à bobonne, il a serré la louche d'Alfred. Il leur a recommandé à l'un et à l'autre de laisser la boutanche de rouille au frais et de n'y point toucher avant son proche retour… O.K. ?

Bon, ensuite il est allé à l'Alcazar. C'est là que ça se complique !

Le Petit Marcel a réclamé des sujets. Et mon pote Béru, bien que se sachant attendu par sa femme, l'amant de celle-ci et une cuvée de Moët et Chandon, mon pote Béru s'est porté volontaire pour la séance d'hypnotisme. Il a fait le guignol pendant plus de deux plombes devant une salle attentive où se trouvait – ô ironie ! – précisément la personne qui lui avait, paraît-il, ordonné de sortir !

Enfoncé le Petit Marcel ! Ça, oui, c'est du mystère, du vrai.

Je retrouve Pantruche et ses lumières. Ses éclairages au néon. Sa vie nocturne, bizarre.

Je fonce en direction de l'Alcazar, parce que ce music-hall est, qu'on le veuille ou non, le siège du problème.

La lourde grille de fer est fermée sur le hall. La façade est éteinte, mais, grâce à la réverbération du boulevard, on aperçoit, sur un panneau, le portrait du Petit Marcel, avec sa queue de pie, son nez de faucon, son regard d'aigle et son crâne de piaf.

J'inspecte la serrure de la grille et, point n'est besoin d'être Louis XVI pour se rendre compte qu'elle est salement coton à ouvrir. Mon fameux sésame qui est le plus futé des passes renâclerait sur ce turbin. Et puis passer par la grande entrée risquerait d'attirer l'attention de la ronde de noye. Vous ne voyez pas qu'un de ces messieurs me prenne pour un voleur et me défouraille à tout-va dans le dossard ?

Prudent, le célèbre San-A. (je peux y aller, j'ai les chevilles blindées) contourne l'établissement et se présente par l'entrée des artistes (laquelle sert par la même occase de sortie). Cette voie intime s'ouvre dans une rue agaçante, au fond d'une courette pavée, encombrée de vieux décors et de vélos rouillés.

Premier obstacle, risible celui-là : un cadenas de jeune fille à une porte vitrée. Je ne fais pas l'insulte à mon sésame d'avoir recours à lui pour une telle broutille.

J'ouvre le cadenas qui n'offre pas plus de résistance qu'une vieille huître en train de bâiller au soleil.

Couloir. Escalier. Re-couloirs (au pluriel

cette fois) et re-escaliers. Le chétif faisceau de mon stylo-torche arrache de l'obscurité des inscriptions soulignées de flèches telles que : SCÈNE – LOGES, etc.

J'hésite, l'oreille tellement tendue que je suis obligé de fermer un œil. Ce temple de la gaudriole est désert, mais le silence y est sonore. On y décèle des craquements mystérieux, des souffles étranges, des glissements feutrés. Une pucelle en aurait des vapeurs. Et Yul Brynner en aurait les cheveux qui se dresseraient sur la mappemonde.

J'atteins la scène. Dégagée et plongée dans le noir, elle ressemble à un sanctuaire. La lueur faiblarde et vagabonde de ma lampe fait resurgir des ombres. J'évoque tous les mecs qui ont risqué leur pauvre peau sur ces planches.

L'air vibre encore de leurs efforts et il me semble que des éclats de cuivres flottent encore dans les recoins.

Je vois défiler, telle la parade d'un monstrueux Barnum, des acrobates cyclistes, au pédalage saccadé, des jongleurs chinois environnés de soucoupes volantes, des trapézistes en maillot à paillettes, des clowns hilares et pitoyables, des chanteurs sans voix, des montreurs de monstres, des illusionnistes sans illusions…

Et tout en détectant ce monde en suspens de mes antennes survoltées, je cherche le Gros dans les méandres des coulisses.

Il ne paraît point s'y trouver. D'ailleurs qu'y ferait-il à pareille heure ?

Je me rabats alors sur les loges. Présentement, une seule est en exercice ; celle du Petit Marcel, puisqu'il compose le spectacle à lui tout seul.

Son nom, découpé dans le programme, est collé à l'une des lourdes.

Je tourne le loquet, mais la porte résiste.

Nouvelle intervention de mon ustensile à délourder les tirelires. La porte s'ouvre. Une odeur lourde de parfum exotique me prend à la gorge. Je tâtonne pour trouver le commutateur et crac : la lumière jaillit à flots.

Mes rétines meurtries refusent l'aveuglante clarté et je suis obligé de battre des paupières à plusieurs reprises afin de les adapter.

Enfin je mate la carrée. C'est une loge de grandes dimensions, quasi luxueuse. Les murs sont tendus de velours bleu. Dans le fond il y a une table à maquillage cernée d'ampoules ; dans un angle, un lavabo encastré dans le mur et que peut masquer un rideau. Un canapé, deux fauteuils et un portemanteau à plusieurs têtes constituent l'ameublement.

A gauche de la porte, le téléphone. Et, au niveau du plaftard, le pavillon grillagé d'un haut-parleur utilisé par le régisseur pour annoncer l'imminence des entrées en scène.

Tout me paraît extrêmement en ordre. Je m'apprête à vider les lieux, en me demandant intimement ce qu'au fond je viens y foutre, lorsque mon œil de lynx capte un détail insolite.

Insolite et menu, jugez-en plutôt. Près du canapé dont les volants de velours descendent jusqu'à terre, il y a un morceau de lacet de soulier.

San-Antonio s'en approche et le ramasse. Mais le lacet résiste. Je comprends vite pourquoi : figurez-vous, bande d'espèces de ce que je me pense, qu'il est relié à un soulier. Or un pied habite le soulier. Ledit pied est prolongé par une jambe, elle-même reliée à un tronc (et quel tronc) que termine la bouille de Bérurier.

Qu'en dites-vous, tas d'invertébrés ? Il a pas son renifleur des grandes occases, le joli San-A. ? Il est pas venu droit au but, sans coup férir ? D'ailleurs je ne connais pas Coup-Férir !

Je soulève le canapé. J'empoigne le Gravos par ses chevilles bovines et je le hale hors de sa cachette. Mon palpitant met toute la sauce. Vais-je constater le décès de mon cher gros complice ? On fait un turbin, lui et moi, où il est plus courant de récolter la mort que des orchidées.

Dans notre job, quand on nous offre des fleurs, c'est que nous sommes à l'horizontale dans un pardingue à clous.

Il est tout raide, Béru, et c'est pas son genre d'habitude, sa baleine vous le dirait.

Je m'agenouille près de sa carcasse et j'examine le valeureux paquet de viande. Il a les yeux fermés, la bouche pincée, de même que le nez. Il est gris comme un paquet de caporal ordinaire, mais la touffe de poils qui lui sort du pif frémit légèrement, ce qui prouve qu'il respire encore.

Je passe la main sur son Rasurel adhésif. Le cœur bat, très posément, très régulièrement.

Je palpe le Mahousse sur toutes ses coutures décousues.

Je trouve des cicatrices, mais pas de blessures.

Je lui touche le crâne : rien de ce côté non plus. On dirait qu'il est en catalepsie. Qu'est-ce à dire ? Aurait-il été empoisonné, ou serait-il victime d'une crise cardiaque ?

Ma gorge se noue. Le pauvre cher homme qui ce matin encore faisait des projets d'avenir. « San-A., me disait-il, j'ai idée de me faire construire une petite cambuse à la cambrousse : quéque chose de simplet avec des volets verts. Paraît que quand on fait bâtir, on est exorbité d'impôts pendant vingt ans ! »

Ce qu'il va avoir, en fait de cambuse simplette, c'est un petit studio d'un mètre cinquante sur deux au Père-Lachaise, avec jardinet et vue imprenable sur le néant.

Je lui secoue doucement le menton en l'appelant d'une voix humide.

— Gros ! Eh ! Béru, tu m'écoutes ?

Silence total sur la ligne. Il faut faire quelque chose et le faire fissa.

Je bombe comme un dingue hors du théâtre et, ma bonne étoile étant de service, j'aperçois un couple d'agents à quelques encablures.

Je les appelle. Ils s'annoncent, suspicieux, la paluchette farfouilleuse du côté de leur étui à révolver.

Ma carte les apaise et même les impressionne quelque peu.

— Trouvez-moi illico un toubib dans le quartier, leur enjoins-je.

— Bien, m'sieur le commissaire.

— Et amenez-le-moi à l'Alcazar par l'entrée des artistes.

« Je vous attends dans les loges. »

Là-dessus je retourne auprès du Gros et, opérant une mobilisation générale de toutes mes forces, je le hisse sur le canapé.

Son pouls est toujours aussi lent, mais aussi régulier. Quelques minutes passent. Enfin mes deux gardes radinent, traînant derrière eux un être époustouflant et vitupérant.

Je ne sais pas où ils ont pêché pareil médecin, mais ce serait dans un magasin de farces et attrapes que ça ne m'étonnerait pas.

Il est minuscule, si vieux que ça a l'air d'un oubli, et affligé de tics pathétiques qui lui font simultanément : fermer un œil, tordre la bouche, secouer la tête, pousser un petit cri exclamatoire, lever une jambe, remonter une épaule, renifler et éjecter à demi son dentier. Ce tic à grand spectacle se termine chaque fois par un rajustement du dentier du bout de l'index. Il se le carre dans le clapoir un peu comme on ordonne à un chien d'aller se pieuter en lui désignant sa niche.

En découvrant ce phénomène, je me dis qu'il aurait sa place toute trouvée sur la scène de l'Alcazar. On lui mettrait des grelots aux chevilles et sur la tête et il ferait un bath numéro d'homme-orchestre.

Il a des cheveux blancs de part et d'autre d'un crâne aussi chauve qu'ivoirin et une barbiche de pédicure chinois. Il porte une chemise de nuit blanche par-dessus son pantalon et, sur la chemise, il a mis un gilet et un cache-nez.

— Qu'est-ce qui se… crrrc tuiiit… passe ? demande-t-il.

Je lui désigne mes deux cent cinquante livres de copain.

— Cet homme est sans connaissance. Il ne porte aucune blessure et je me demande ce qu'il a.

— Eh bien ! nous allons… crrrc tuiiit… voir, fait le nabot médicalo-centenaire en débouclant sa trousse.

Il procède à l'examen complet du patient. Tout y va : pouls, température, tension artérielle, stéthoscope, malaxage de brioche et le reste. Il lui ouvre la bouche avec le manche d'une cuillère, lui tire la langue, lui soulève les paupières…

— C'est absolument… crrrrc tuiiiit… insensé, décrète le farfadet de l'époque tertiaire. Il n'a rien. On dirait, mais j'ose à peine le croire, qu'il a été… Crrr tuiiit… hypnotisé !

Dans le fond de moi-même (à droite en regardant l'estomac), je pensais kif-kif mais n'osais le croire.

— Il est précisément dans la loge d'un hypnotiseur, fais-je. Vous y croyez, vous, docteur ?

Le docteur Crrrc-tuiiit me dévisage et ma vue lui occasionne un hoquet supplémentaire ainsi qu'un déhanchement latéral du côté droit.

— Songeriez-vous à nier l'évidence, mon garçon ? demande-t-il d'un ton suraigu.

Son garçon n'y songe pas. Il songe seulement à réveiller le brave copain. Après cette séance, le Gros va être drôlement relaxé. Comme cure d'hibernation, c'est soi-soi.

— Comment allez-vous le réveiller, docteur ?

— Le réveiller… crrrc tuiiit…, clame l'ex-gnome des hôpitaux de Paris et de la périphérie, en ponctuant sa phrase d'un point d'exclamation dont je manque recevoir l'antenne dans l'œil. Le réveiller ! Il n'en est pas question. Il faut laisser ce soin à celui qui l'a plongé dans cet état. Sinon vous pourriez occasionner à cet individu des… crrrc tuiiit… troubles psychiques graves. Il pourrait perdre le contrôle de son moi second, ou bien, au contraire, amorcer un dédoublement de sa personnalité…

— Il n'en a pas, fais-je, comment voulez-vous qu'elle se dédouble !

« C'est pas le tout. On ne peut pas le laisser ainsi !

— Et pourquoi pas ? C'est là un traitement des centres nerveux radical…

— Peut-être, mais si le gars qui l'a mis en catalepsie part en vacances à Tahiti, ce brave électeur ne va pas attendre son retour pour pouvoir siroter son Noilly-cass du matin !

Le farfadet déguisé en moujik réfléchit, ce qui permet deux ou trois tics à blanc.

— Ecoutez, dit-il, le mieux c'est de le laisser ici car il ne faut pas les… crrrrc tuiiit… bouger quand ils sont dans cet état. Vous, vous allez essayer de trouver l'hypnotiseur. Si vous n'y parvenez pas, demain matin vous appellerez le professeur Tessingler qui est un spécialiste éminent des troubles limonado-vespéraux avec afflux consanguins.

Il hoche la tête, ferme sa trousse, la rouvre car la pointe de sa barbe était prise dans le fermoir et demande :

— Qui va me régler mes honoraires ?

Je n'hésite pas :

— Moi, docteur, si vous le permettez.

— Je suis obligé de compter le service de nuit.

— Cela va de soi.

Je le carme. Il empoche, lance un tic percutant et retourne s'abîmer au sein de la nuit qui semble l'avoir enfanté.

— C't'un drôle de zig, résume l'un des gardes. Comme il habitait l'immeuble d'à côté…

— Vous avez bien fait…

Je m'approche de la table à maquillage, je biche un peigne en écaille et je remets de l'ordonnance dans ma coiffure.

— Vous allez vous débrouiller pour veiller ce garçon, dis-je. Que l'un de vous prévienne son commissariat afin qu'on assure une permanence dans cette loge. Contrôlez le pouls du patient et, s'il semble s'affaiblir, faites-le transporter dans un hôpital.

— Parfaitement, m'sieur le…

— Autre chose, coupé-je. Il est possible…

Je me tais et après un court moment de gambergeage, rectifie :

— Et même vraisemblable, que quelqu'un vienne dans le courant de la nuit pour s'occuper de lui. En ce cas, arrêtez toute personne qui pénétrerait dans ce théâtre et gardez-la à ma disposition. Il serait même astucieux d'établir un tour de veille en bas, dans le noir, pour ne pas donner l'alerte à un éventuel visiteur. Vous me suivez ?

Mes gardes sont deux jeunes gars solides à l'air assez astucieux.

— Comptez sur nous.

— Et surtout, dites bien à votre commissariat que je ne veux aucune publicité là-dessus pour l'instant.

Je leur montre le Gros, toujours en vadrouille au pays du coma.

— Ce garçon est un policier très estimable…

Les gardiens de la paix ouvrent des bouches larges comme l'entrée – et la sortie – du tunnel de Saint-Cloud.

Ils matent la mise incroyable de Béru : sa barbouze pas rasée, ses fringues ulcérées, sa trogne de poivrot qualifié pour les championnats du monde de vinasse sur comptoirs toutes catégories.

— Il s'était déguisé pour une filature délicate, leur fais-je afin d'apaiser leur incrédulité douloureuse.

Là-dessus je les quitte.

Eux, mais pas le théâtre. Je fonce à la recherche du bureau directorial de M. Poulatrix, le big boss de l'Alcazar, celui que les journalistes ont baptisé « le Roi-Soleil du projecteur » parce qu'il a mis en lumière tout ce que Paris a produit de chanteurs aphones, à faune et à saxophone entre la dernière et la prochaine guerre.

Un escalier de bois y conduit. Une porte capitonnée donne accès à cet antre. Un instant, saisi de respect, j'hésite à en tutoyer la serrure.

Mais je me dis que le magnat du music-hall est actuellement à la recherche d'attractions nouvelles dans la Haute-Volta (j'ai lu le récit de son voyage dans la presse informée) et qu'il me faudrait du temps pour obtenir l'adresse parisienne du Petit Marcel.

Alors, en camarade, je fracture délicatement le verrou dit de sûreté.

Me voici dans une belle pièce ultra-moderne : murs clairs avec un petit Utrillo de l'époque Gros Rouge, moquette lilas, burlingue long et verni comme un chriscraft, forêt de téléphones, postes de télé et classeurs supersoniques.

Chacun d'eux comporte une ou deux lettres en or entièrement chromé. Je choisis la lettre P (Petit Marcel) et j'appuie dessus. Le volet coulissant choit comme la jupe d'une dame dans un salon particulier.

Des dossiers se présentent, côté tranche. Je lis leurs titres et j'ai la joie de tomber sur Petit Marcel.

Il s'agit du contrat de l'endormeur. J'apprends qu'il touche vingt pour cent de la recette nette, qu'il s'appelle en réalité Edwin Zobedenib, qu'il habite Londres et qu'à Paris, il séjourne dans un studio meublé de la Résidence d'Auteuil.

Je note mentalement ces différents renseignements, je remets tout en place et j'emmène San-Antonio prendre l'air du côté de la porte d'Auteuil.

CHAPITRE IV

Dans lequel il est prouvé que la magie est avant tout l'art de l'illusion.

La rue Chanez est une voie étroite et plus ou moins résidentielle à promiscuité de la porte d'Auteuil.

Elle se termine à son extrémité sud, ou peut-être sud-ouest (si ce n'est nord) par un système de chicane destiné à empêcher les automobiles à essence d'en sortir.

Aussi laissé-je la mienne à l'orée de ladite rue, et ce avec d'autant moins de regrets que je me rends au 1 *bis*, ce qui ne nécessite pas un voyage pédestre trop épuisant, la rue commençant, comme la plupart des rues, à partir du chiffre 1.

Ces précisions pour vous montrer qu'à 5 heures du matin, après une séance de magie, une autre de zizi-panpan et une enquête policière, le cher San-A. jouit toujours de toutes ses facultés.

La « Résidence » est un vaste buildinge loué par petits appartements et pourvu d'ascenseurs à cellule photo-électrique qui bloque la cage si l'on a des velléités d'ouvrir la lourde pendant le voyage.

En bas, dans le hall, s'étend un vaste comptoir derrière lequel somnole un gardien en uniforme.

Il est en train de rêver qu'il a gagné deux milliards cinquante centimes à la tombola organisée par l'amicale des parents des enfants déshérités, et qu'avec ce viatique il s'achète une canne pour le lancer léger, en bambou refendu, avec moulinet automatique à friction sous-cutanée, lorsque je brise sa joie nocturne.

Il se frotte d'abord un vasistas, puis l'autre et grommelle à mon endroit (qui vaut bien l'envers de certains) :

— Vous désirez ?

Ayant proféré, il consulte sa montre (un oignon patriarcal en argent ciselé), s'avise qu'il est 5 heures et sa défiance s'accroît.

— M. Zobedenib ?

— A ces heures ?

— Urgent ! fais-je avec une sobriété qui laisse loin derrière elle le télégraphe morse.

— Le 1406, quatorzième étage.

— Merci.

— Faut-il vous annoncer ?

— Inutile, rétorqué-je, c'est pour manger tout de suite.

Et je le plante là. Il hésite un instant, se bloque le menton dans le creux de sa paume droite, ferme ses jolis yeux et se met à rêver qu'avec sa canne à lancer de tout à l'heure, il a pêché, entre le pont Alexandre-III et le pont de la Concorde, un sous-marin japonais commandé par un amiral en caleçon de bain.

Je le laisse enfilocher sa prise et je me fais surélever de quatorze étages par les soins attentifs de la maison Roux et Combaluzier.

Parvenu au 1406, je m'immobilise. Avant de se lancer dans un coup délicat, il faut faire comme les vrais joueurs de poker : mettre quelques brèmes in his pocket.

En l'occurrence, c'est mon pétard et ma carte professionnelle qui me servent d'as.

J'attends un peu. Le vaste couloir, vaguement clinique d'aspect et verdâtre de teinte, s'en va à l'infini dans une lumière aussi électrique que morose.

Tout est silencieux, ou presque, car on perçoit, venant des profondeurs du buildinge, le ronflement d'un citoyen affligé de végétations.

Dans mon cas, deux éventualités : ou bien je me présente officiellement, c'est-à-dire que le mignon San-Antonio de ces dames presse son médius sur la sonnette du Petit Marcel et dit : « Bonjour, monsieur, excusez-moi de vous déranger mais… » ; ou bien il utilise son sésame, pénètre chez l'endormi et le réveille en lui faisant une passe magnétique sous la plante des pieds avec le canon de son tu-tues. La seconde formule me semble trop risquée. Si par hasard Zobedenib est un honnête marchand de poudre aux yeux, je risque d'avoir de graves ennuis. Après nos démêlés avec l'Egypte, il est mal indiqué de créer de nouveaux incidents diplomatiques. D'autant plus que Bérurier, somme toute, n'a été victime d'aucun sévice.

Alors ?

Alors j'ai une troisième idée qui ne figurait pas sur mon planning. Les idées de la dernière seconde sont souvent les meilleures.

Je biche mon carnet de rendez-vous – sur lequel je note beaucoup de choses, sauf naturellement mes rancarts – j'en arrache une page et j'écris en caractères d'imprimerie : VITE ! LES CHOSES SONT EN TRAIN DE SE GATER.

C'est suffisamment laconique et inquiétant pour pousser un type à commettre des couenneries s'il n'a pas la conscience tranquille.

Je glisse la feuille de papier sous la porte et je file trois coups de sonnette autoritaires. Ensuite de quoi je me carapate au bout du couloir pour emprunter l'escadrin de secours. La vue d'une porte mal fermée me sollicite. Elle donne sur un réduit où les femmes de ménage planquent leurs seaux et leurs balais.

Je m'y catapulte et je referme la lourde, incomplètement cependant, car je me ménage un mince créneau afin de mater les réactions de l'adversaire.

Un moment assez longuet s'écoule. Puis un rai lumineux souligne le bas de la porte de Zobedenib. Enfin l'huis s'entrouvre et la silhouette chétive du roi de la pioncette en commun se projette sur le dalamite du couloir. Elle se baisse, ramasse la feuille. Un temps mort accordé par l'arbitre pour permettre au Petit Marcel de ligoter le poulet du poulet. Enfin il apparaît dans le large couloir qu'il sonde de ses yeux auxquels on ne résiste pas. Ne voyant personne, il va jusqu'aux cages d'ascenseur, constate que ceux-ci ne fonctionnent pas et se rabat vers l'escalier. Je le vois radiner avec une certaine angoisse. Ce visionnaire va-t-il apercevoir le brave petit San-Antonio au travers du panneau de bois ?

Non !

Son regard incisif ne lui permet pas encore de traverser la matière ! Il ne peut voir qu'à travers les serrures lorsqu'elles n'ont pas leur clé, et à travers les trous du gruyère.

Il porte un coquinet pyjamoque en soie bleu nuit à parements blancs qui lui donne l'air d'un dompteur.

Il se penche par-dessus la rampe de fer, tend l'oreille, ne perçoit que la faible rumeur du buildinge et retourne à ses pénates.

Maintenant une question se pose, plus épineuse qu'une branche de houx : que va faire l'Egyptien ?

Attendons ! La patience est un levier puissant grâce auquel l'homme franchit les obstacles les plus rébarbatifs et les périodes les plus scatologiques de sa pauvre durée.

Mon réduit sent l'eau de Javel et le décapant. Plus des odeurs plus fourbes et plus durailles à identifier. Ça me flanque l'envie d'éternuer. Rien n'est plus désagréable qu'un éternuement avorté. Vous remarquerez que lorsqu'on éprouve le besoin d'un atchoum, il suffit d'y penser pour qu'il n'aboutisse pas. Par contre, lorsque vous ne voulez pas le libérer, c'est là qu'il déboule, contre votre volonté.

J'y vais de mon voyage, en amortissant la détonation dans mon mouchoir.

A peine ai-je explosé que la porte de Petit Marcel s'ouvre à nouveau. Cette fois il n'est plus loqué en dompteur, mais porte un bath costar de ville en tweed moucheté.

Je retiens ma respiration tandis que son pas glissant (à semelles crêpe) le conduit vers l'ascenseur.

Descente du monsieur dans un grand frisson d'électricité domestiquée.

Je risque de le perdre, comme disait une rosière de ma connaissance dont les parents hébergeaient douze tirailleurs sénégalais en manœuvres.

Prendre l'autre ascenseur, il n'y faut point songer, cela lui donnerait l'éveil.

Un seul espoir : l'escalier, ou plutôt sa rampe.

Je ne sais pas si je vous l'ai déjà dit auparavant (ce sont les Chinois qui disent surtout au paravent) mais j'ai été, dans ma prime adolescence, champion de France de la descente sur rampe d'escalier. J'ai même été champion d'Europe sur un étage, ma distance préférée à cause de mes démarrages foudroyants. Mon record n'a été battu que l'an dernier et encore par un amoureux surpris par le mari de sa belle.

J'espère que je ne me suis pas rouillé. Je me rue hors de ma planque et je me jette à califourchon sur la rampe de fer.

Je franchis la distance quatorzième-troisième en quatre secondes deux dixièmes (et encore sont-ce des dixièmes de la Loterie nationale). Je poursuis ma vertigineuse descente. La rampe de fer me brûle les doigts et l'entrejambe. Je vais avoir le valseur porté à l'incandescence. D'un coup de rein je modifie mon centre de gravité, histoire d'être cuit à point sur toute ma surface portante (et bien portante, croyez-moi mesdames). J'appréhende néanmoins les conséquences de mon exploit. Vous le voyez, mes belles, carbonisé du sous-sol, votre valeureux camarade de sommier ?

Avoir les précieuses ridicules, ç'a toujours été mon cauchemar.

D'un coup de périscope je m'affranchis sur ma position.

Me voici à la hauteur du deuxième. J'entends, en bas, le glissement bien huilé de la porte de l'ascenseur qui s'ouvre et se referme.

— Allez, San-A., du cran !

C'est un exploit de se rendre plus lourd qu'on ne l'est. Reconnaissons au passage que c'en est un autre encore plus difficile que celui qui consiste à s'alléger. Demandez à Gabriello ce qu'il en pense.

Je dois avoir la peau des mains entamée. Celle du gyroscope aussi, probable.

Un dernier effort. Mon altimètre indique que l'atterrissage est proche.

En effet, il se produit avec une certaine violence, because la rampe ne se termine pas par une boule, mais par une délicate volute retournée qui me catapulte les quatre fers en l'air. C'est pas un atterrissage mais un alunissage.

Alunissons à l'unisson, les gars.

Je me relève. Mon verre de montre n'est pas brisé, pourtant j'ai l'impression que je viens de traverser les steppes sibériennes à cheval. Je fonce hors de l'immeuble. Le gardien roupille comme un bienheureux qui aurait pris du somnifère. La porte vitrée du tambour bat encore (la charge puisque c'est une porte-tambour).

Je me détranche sur le seuil. Mouvement gauche-droite façon girouette.

Petit Marcel remonte la rue Chanez à petites – mais rapides – enjambées.

Je le file à distance. Je m'imagine qu'il va grimper dans sa charrette sans doute remisée dans les abords, ou bien qu'il va fréter un bahut ; mais pas du tout. Monsieur vire à droite et se dirige vers une rue discrète. Le matin aux doigts d'or commence à déchirer les voiles de la nuit, comme l'eût si bien écrit Victor Hugo qui tenait le rayon des voiles nocturnes à la grande kermesse du romantisme.

Dans l'aube discrète palpite l'enseigne verte d'un hôtel.

Petit Marcel s'engage sous le porche de l'établissement. J'attends un chouïa, puis je m'avance à mon tour. Au fronton de l'usine à dorme, une plaque de marbre noir héberge des caractères dorés : « Hôtel Saint-Martin ».

A travers les vitres embuées, je distingue un maigre hall classique, au fond duquel brille une veilleuse.

Je bigle en Vistavision la façade de l'hôtel. Toutes les fenêtres sont éteintes, mais au second étage, juste comme je fais cette remarque, un rectangle lumineux bondit dans l'ombre.

Petit Marcel est allé rendre une visite matinale à un pote. Que doit faire votre San-A. dans un pareil cas ?

N'ayant pas sous la main le manuel du *parfait petit San-Antonio sur le sentier de la guerre*, j'improvise. A savoir que, d'une dextre décidée, je pousse la porte.

Dans un fauteuil d'osier, un type à cheveux blancs et à œil noir est assis, les quilles roulées dans une couvrante.

Il me regarde pénétrer avec autant d'enthousiasme que si on venait lui annoncer qu'il faut lui faire l'ablation du foie et de la rate.

Pour éviter des bavardages inutiles, je lui cloque ma carte en l'orientant côté lumière pour qu'il puisse la lire commodément.

— Je suis presbyte, dit-il.

— Et moi j'ai eu un collègue américain qui était presbytérien, dis-je en reculant le morcif de bistrol.

Il lit, hoche la tête.

Ce dabe a passé sa vie dans les hôtels, et pas comme client.

Il connaît la musique. Pas besoin de lui faire un graphique avec commentaire enregistré au magnéto.

— Le type qui vient d'entrer a demandé M. Landowski, fait-il. Chambre 203, comme Peugeot. Dois-je vous annoncer ?

Et de l'humour avec ça, le fossile. A ces heures induses, je lui tire mon bitos.

— Inutile, grand-père. Je n'aime pas déranger le monde.

J'inspecte son tableau des clés et je vois que celle du 204, entre autres, figure à son clou.

— Le 204 est libre ?

— Vous pouvez prendre.

Je cramponne la clé et je me dirige vers l'escalier.

— Quand le gars redescendra, inutile de lui parler de ma visite.

En guise de réponse, le vénérable vieillard hausse ses omoplates.

Les mains croisées sur le bide, il me regarde escalader les pentes abruptes, boisées et moquettées de l'hôtel.

C'est un philosophe. A force de louer des bidets à l'humanité hygiénique, il a fini par se désintéresser de ses contemporains.

C'est à pas feutrés que je pénètre au 204. Je n'actionne pas la lumière. Je cherche sur la paroi de droite ce qui figure dans presque tous les hôtels de France, et plus particulièrement dans ceux de Paris : des trous. A la campagne, ce sont les vers à bois qui font des trous dans les cloisons. A Paris, ce sont ces insectes bizarres que l'on appelle dans les manuels « les voyeurs » (en latin, les biglus perceurs). Dès qu'ils sont dans une chambre jouxtant une autre chambre, ils ont la vrille qui se met en action. Les rois de la lime à ongle ! Rien ne leur résiste : ni la brique ni le plâtre, non plus que le bois.

Mon inspection du mur porte ses fruits. Un rayon lumineux pas plus gros qu'une tête d'épingle sort de la cloison telle une imperceptible source de vie.

Il s'agit d'un trou de mateur, rebouché avec du chewing-gum mâché. L'agrandir est un jeu d'enfant.

D'enfant vicelard.

Mon œil inquisiteur s'adapte à ce trou comme un képi à la tête d'un gendarme.

Je n'ai qu'une vision très partielle de la piaule d'à côté.

Elle est suffisante cependant pour que je reconnaisse l'interlocuteur de Petit Marcel. Celui-ci n'est autre que son assistant : le mastar qui freine la chute libre des sujets en catalepsie.

Ayant opéré cette identification, je remplace au pied levé mon œil par mon oreille sur l'orifice. Ça blablate sec, mais dans une langue que je ne connais pas, mieux, que je n'identifie même pas. Il est possible que ça soit de l'égyptien ; il est possible itou que ça soit du bas aztèque ou de l'esquimau enrhumé. Moi qui ai tous les dons, ou presque, y compris celui de faire oublier aux dames le livret de famille qui moisit dans leur sac à main, je ne possède pas celui des langues.

Enfin, des langues écrites ou parlées, car pour ce qui est des langues coulissantes, je me pose un peu là. A tel point que j'ai refusé la chaire de professeur à la Faculté de salive des Bouches-du-Rhône, c'est vous dire !

Force m'est donc de laisser pénétrer dans mon conduit des syllabes impossibles à contrôler.

La séance ne dure pas longtemps. Au bout de quelques minutes, l'homme qui remplace le chloroforme se barre et San-Antonio reste dans l'expectative (et dans la chambre 204). Dois-je poursuivre ma filature de Petit Marcel, ou bien me consacrer à Landowski ?

Je décide de faire prendre le relais à ce dernier et j'attends ses réactions. Un nouveau coup d'œil par le trou me renseigne. Monsieur se fringue à la va-vite. Il enfile son costar par-dessus son pyjama, noue un foulard pour masquer le vêtement de nuit et coiffe sa bouille d'une casquette qu'il a achetée à Londres ou avant guerre.

En fin limier, j'en déduis qu'il va sortir ; or, vous le savez puisque vous me lisez depuis pas mal de temps, la meilleure façon de suivre un mec c'est de le précéder.

Je me hâte de déguerpir en ne faisant pas plus de bruit qu'une pensée libertine dans le crâne d'une bigote.

Dans le hall, le noble vieillard attend sans se biler la suite des événements. Que ça soit en direct ou à la une du *Parisien*, pour lui c'est du kif. Et encore il préfère lire les faits d'hiver dans le *Parigot*, because c'est plus commode et plus romancé.

Je balance la clé sur son comptoir, je mets mon index perpendiculairement devant ma bouche et je sors dans le matin frileux.

Maintenant le jour est presque là. Il descend des toits, le long des façades grises. Il y a dans la brume des promesses de soleil. Des zigs maussades s'en vont gagner le bœuf bihebdomadaire, le dos rond. Il y en a qui passent en triporteur, d'autres en scooter, d'autres en boitant.

Quelques-uns sont à vélo. Ils pensent à la belle journée qui se prépare pour ceux qui se les roulent. Ils ont vu samedi-soir-dernier des films pleins de courts de tennis, de bagnoles décapotables décapotées, de filles en short et de Méditerranée et ça les a fait suer, rétrospectivement, d'avoir pris la Bastille pour en arriver là.

Ce soir, à la télé-pas-finie-de-payer, ils apprendront ce qui se sera passé dans le monde : des tas de trucs imprévisibles et surprenants, mais ils savent qu'à part un accident du boulot ou de la circulation, cette journée sera pour eux pareille aux autres. Ils feront les mêmes gestes aux mêmes heures et aux mêmes endroits, en compagnie des mêmes bagnards. Tout ce que le Bon Dieu peut faire pour eux, c'est de leur braquer un peu de soleil afin que tout ça ait l'air moins dégueulasse. Et comme il est bon, il commence d'arroser de bon matin, le Bon Dieu. Son bourguignon, il l'a fait fourbir pendant la noye. Il va en faire une tiède.

Tout en m'abandonnant à ces réflexions particulièrement sociales, je planque ma viande sous un porche.

Deux minutes passent devant moi sans me remarquer. Landowski sort de l'hôtel et fait comme les deux minutes en question. Illico, San-A. se le paie.

L'homme va d'un pas pressé, mais sans but défini. Il regarde autour de lui ; non comme un homme qui a peur, mais comme un homme qui cherche quelque chose ou quelqu'un.

Je ne tarde pas à savoir quoi. C'est un troquet qu'il lui faut. Il en avise un qui vient d'ouvrir et il y cavale à toute vibure. L'établissement est éclairé. Il y a encore les chaises sur les tables. Un mironton en tablier bleu écrit 8 888 888 sur le sol avec un entonnoir d'eau. Un loufiat fringué pingouin fourbit son perco au blanc d'Espagne en sifflotant un air de Manuel de Falla.

Landowski entre, va au rade, commande un jus plus autre chose. Le loufiat lâche sa peau de chanoine et va puiser dans le tiroir-caisse un jeton de nickel qui va permettre à mon petit camarade le mastar de bigophoner. Il n'a pas voulu utiliser l'appareil de l'hôtel, ce prudent.

Dès qu'il a disparu de la salle, j'y pénètre.

Le mathématicien aquatique se paie une nouvelle série de 8 avec son entonnoir qu'il vient de remplir.

Il calcule le nombre d'années de lumière qui sépare son porte-monnaie du gros lot de la Tranche spéciale.

Pour lui, c'est la tronche spéciale car il est hydrocéphale. Peut-être est-ce l'eau de sa hure qu'il répand sur le carrelage ?

— Un petit noir ! clamé-je.

Le loufiat s'arrête de chanter et répète, en écho :

— Un petit noir !

Je prends l'air pressé du gars dominé par le besoin de s'isoler.

— Les gogues, c'est par ici ? je questionne à mots couverts.

— Au sous-sol, la porte du fond.

Coude au corps. Le mécanicien de l'espresso se fend la tirelire. Lui, il a l'intestin libre et ça lui confère une supériorité dont il a conscience. Il ne se souvient plus qu'il y a été ; il ne veut pas penser qu'il y retournera. Tout son humour est condensé dans ces secondes d'ironie, toutes ses facultés jouissent de cette évidence : quelqu'un y va !

Je dévale un escalier tournant.

C'est bien ce que je pensais : en bas, quatre portes : la porte Dames, la porte Messieurs, celle du téléphone et celle de la cuisine.

La cabine bigophonique est éclairée. Mon gars parle d'abondance. Hélas ! ce n'est toujours pas en français.

Je l'ai in the fignedé. J'attends quelques secondes. Le sommeil me brûle les paupières. Le sec déclic du combiné qu'on vient de reposer sur sa fourche me donne un coup de fouet.

Je me jette dans les ouatères marqués « Dames » ; je ne suis pas celle que vous pensez, et ce n'est pas pour rajuster mon porte-jarretelles que j'entre ici, mais parce que c'est la voie de secours la plus proche.

Je crois que mon Lando va remonter illico, mais pas du tout. Il se paie le compartiment de fumeur d'à côté. Et il intervertit l'ordre des choses. C'est-à-dire qu'à peine la porte refermée, il se met à déchirer du papier. Il doit le déchiqueter menu et il le fait en hâte. Puis il tire la chasse une première fois d'abord. Il attend qu'elle se remplisse et la retire encore. Et encore ! Et re-encore. C'est un Landowski nautique !

Je pige son manège : il se défait de papiers compromettants et les évacue de cette manière.

Je quitte la section des dames seules et je me trouve nez à groin avec l'arroseur fabricant de S.

Il est sidéré en me voyant sortir des toilettes pour dames.

Je lui vaporise un gentil sourire.

— Je m'appelle Claude, plaidé-je, c'est un prénom qui n'a pas de sexe et me permet l'accès partout.

Là-dessus, je l'abandonne à son ahurissement et je refais surface.

Mon caoua est en train de refroidir. Je le sirote, j'en redemande un second et je mange un croissant chaud pour essayer de colmater mes brèches.

Landowski réapparaît. Il ne me jette qu'un coup d'œil distrait. Je me complais à l'étudier dans la glace.

C'est une vraie armoire que ce gars-là. Il a des épaules comme ça, des biscotos comme ceci et une mâchoire qui ferait baver de jalousie un dogue allemand.

Son front est étroit, mais large comme un lit nuptial. Des cheveux blonds rares croisent dessus sans se multiplier. Il a une profonde cicatrice au sommet du nez, quelque chose comme le souvenir d'un coup de sabre. Le regard est lent, clair, attentif. La fausse brute ! Il possède l'aspect d'un débardeur mais il est certainement plus rusé qu'un revendeur de voitures d'occasion-à-saisir.

Il avale deux gorgées de son jus, paie et s'en va.

Je fais signe au garçon en gilet noir d'approcher son oreille capteuse. Je lui montre ma carte. En voilà une qu'on devrait imprimer sur acier inoxydable. A force de la balader sous les yeux myopes ou presbytes de mes contemporains, elle finit par être dans un piteux état, la pauvrette.

Le bon loufiat prend des roberts comme une

grenouille. Il pige pas qu'un flicard puisse demander les vespasiennes.

Ça le catastrophe. Il avait une plus haute idée de la police. Il y croyait, en tant qu'institution. Il ne l'imaginait pas sous l'angle organique.

— Ben mince ! fait-il, ce qui, en français, pourrait s'écrire autrement et avec le même nombre de lettres.

— Que personne n'utilise jusqu'à nouvel ordre les toilettes des hommes ! dis-je. Je vais prévenir le service compétent pour qu'on y fasse des sondages.

— Des sondages, module-t-il, comme il avait répété naguère : un petit noir.

— Yes, sir.

Il croit piger, et sa bobine s'éclaire au néon.

— Vous avez laissé tomber vot' montre ?

— Pas exactement, mais vous brûlez, mon vieux. Aboulez un jeton et continuez de réfléchir ; si dans un an et un jour personne n'est venu réclamer vos hypothèses, elles sont à vous.

Là-dessus, nanti d'un nickel, j'effectue une nouvelle descente.

CHAPITRE V

Dans lequel je vais essayer de prouver ce qui ne l'a pas été dans le précédent : à savoir que la magie est avant tout l'art de l'illusion.

Mes instructions sont données, comme disait un instituteur que je n'ai pas connu. Les spécialistes de la pompe amère sont en action. Je puis donc vaquer à d'autres occupations en attendant qu'ils dénichent le document balanstiqué par Landowski.

Je m'achète un nouveau jeton pour une somme relativement modique et je vais téléphoner à l'Alcazar. Le concierge du théâtre est levé et me répond. Il semble très troublé par la présence de policiers dans les coulisses de l'honorable établissement.

— Passez-moi l'un des agents qui se trouvent chez vous ! commandé-je.

Bien que je téléphone à un théâtre, c'est sans réplique.

— De la part ? demande le cerbère.

— De la part de moi-même, glapis-je ; faites vite, mon vieux, j'ai du lait sur le feu.

Il maugrée pour la forme et va quérir un matuche.

Une voix forte, bien timbrée à 0,50 F, ne tarde pas à me gazouiller de mélodieux « Allô ! » dans les feuilles.

Je me fais connaître, la voix aussi. C'est celle d'un de mes agents. Ils n'ont pas encore été remplacés.

— Quoi de nouveau ? je demande de façon abrupte et péremptoire.

— Absolument rien, me répond le gardien de la paix habillé en sergent de ville. Votre collègue dort toujours et personne n'a essayé de s'introduire dans le théâtre.

Je suis un tantinet surpris.

— Très bien : faites transporter le dormeur chez lui.

Je lui refile l'adresse du Gravos.

— Je vous y rejoindrai, ajouté-je, avec une personne compétente et qualifiée.

Je raccroche et j'ai un instant de ballottement dans la cabine. Le sommeil commence à me terrasser. Je donnerais dix pour cent de vos revenus contre un bon lit fleurant la lavande. En écraser me paraît le bonheur suprême : le cul-de-sac de la félicité.

Mais l'instant est grave.

Je remonte à l'air libre après avoir questionné les scaphandriers de fosse d'aisances sur leurs fouilles.

Ils m'annoncent qu'ils sont sur le point d'aboutir.

Je vais m'allonger sur une banquette, dans une arrière-salle du bistrot, vide à ces heures et je me pique une ronflette-express.

Etendu sur la froide moleskine, je plonge directo dans le sirop. Mon corps se détend, s'allège. Mais mon subconscient continue son turbin. Je me dis que cette affaire est un drôle de sac d'embrouilles. J'ai plongé mon grand pif dans un nid de frelons et ça bourdonne sec dans le domaine de la magie.

Pourquoi le Gros est-il monté sur la scène ?

A qui l'assistant du Petit Marcel est-il venu bigophoner ?

Quels sont les documents qu'il a détruits ? Que signifie ce mic-mac ?

Pourquoi a-t-on endormi le Gros et pourquoi l'a-t-on abandonné dans la loge du Petit Marcel ?

Le point d'interrogation pleut sur mon sommeil, le submerge, le noie.

Je coule à pic. Heureusement une main

m'agrippe, salvatrice. Je me réveille. La pogne est celle du loufiat qui me secoue.

— Ces messieurs ont fini…

Je m'assieds, je bâille et je jette sur l'existence un regard effrayé. Quand je pense qu'il y a des gnards qui se sentent tout joyces au réveil ! Des mecs détendus qui, en matant la vie, après une bonne dorme, lui trouvent une frime appétissante et se pourlèchent les badigouinces à l'avance.

Moi, c'est tout le contraire. Au sortir des vapes, j'ai une notion aiguë de sa perfidie à cette sournoise. Je la jauge directo et un frisson me dévale le long de l'arête centrale. Il me faut un bon coup d'énergie pour raccrocher, pour y croire, pour faire comme si elle était bien accueillante, bienveillante et tout ; avec des délices au tournant de chaque minute et un tapis de bonheur déroulé à perte de vue devant mes pas.

— Où sont-ils, ces messieurs ?

Le roi du percolateur se gondole comme une plaque de tôle ondulée.

— Ils se lavent les mains.

Je retrouve mes spécialistes autour du lavabo. Il paraît que la mère Marie-Antoinette reniflait la violette ; c'est pas leur cas. M'est avis qu'il faudrait que Balenciaga les prenne en main, les supermen du conduit merdeux.

— Résultats ? interrogé-je.

Ils me désignent une plaque de verre sur laquelle est étalé un document.

Et ce document, bande de ceci-cela, c'est le mot que j'ai griffonné à Petit Marcel sur une feuille de mon carnet.

Si votre cervelle n'était pas meunière, vous m'aideriez à comprendre que j'ai l'air d'une patate germée.

Faire tout ce suif, déplacer ces gars, mobiliser les ouatères du troquet pour récupérer ces quelques lignes tracées par bibi, voilà qui est truculent, non ?

Y a des amoindris qui font des complexes pour moins que ça !

Si j'en avais la force, et si j'étais homme-serpent, je me flanquerais des coups de savate où vous pensez. Mais, hélas ! les serpents n'ont pas de pieds, comme disait une vipère en haussant les épaules.

— Vous êtes satisfait ? me demandent les copains de la plongée goguenarde en se curant les ongles.

— Pleinement, mes amis, dis-je avec un aplomb réalisé grâce à la participation active d'un fil à plomb. C'est du beau travail.

« A côté de vous, les pêcheurs de perles sont des minables. »

Je leur offre un grand blanc qu'ils éclusent doucettement, avec le sentiment d'avoir accompli leur devoir à 7 heures du matin.

Pendant ce temps, comme j'ai tout de même conservé le sens de l'humour, je vais flanquer mon billet si laborieusement repêché et reconstitué dans les toilettes.

Je tire la chaînette de la chasse en souhaitant m'engloutir à jamais sous cette cataracte tumultueuse.

*
* *

Maintenant, assez biaisé. J'ai voulu dénoyauter mon Petit Marcel, étudier le comportement du mage, et j'ai un peu négligé le brave et sublime Bérurier qui continue de vadrouiller en rase-mottes dans les régions inexplorées du moi-second.

Il est grand temps de mettre un terme – comme disait un propriétaire d'immeuble – à son état léthargique.

Je retourne vers la toute proche rue Chanez et, après une petite séance d'ascenseur, je me retrouve devant la lourde du fakir.

Cette fois, foin d'astuces manuscrites, je me

dégrouille de sonner avant qu'une de mes fameuses idées géniales vienne *in extremis* me visiter.

Un bout de temps assez longuet s'écoule. Je file à nouveau l'index préféré de ma main droite sur le bouton avec la ferme intention de le presser lorsqu'un glissement retentit en deçà de la lourde.

J'interromps donc mon geste.

On déverrouille et le panneau s'ouvre partiellement. On attendait Grouchy, ce fut Blücher.

Au lieu de la bouille en grain de courge de l'Egyptien, j'ai droit à la frimousse comestible d'une délicieuse rouquine.

Elle a naturlich les yeux verts, des taches de rousseur adorables et une bouche épaisse qui vous fait penser à des vergers de Provence.

Je respire profondément son parfum capiteux. Et j'aimerais commettre des péchés également capiteux avec elle.

— Oui ? demande-t-elle sobrement.

— Je voudrais parler à M. Zobedenib.

Elle prend mes mesures sans se presser, admire ma taille élancée, ma stature de costaud élégant, mon regard velouté lui est sensible et le léger sourire ensorceleur qui fleurit le coin de mes lèvres ne la laisse pas indifférente.

— Il est sorti, fait-elle.

— A ces heures ! croit devoir s'étonner le délicat San-A.

— Ces heures ne sont pas plus insolites pour une sortie que pour une visite, gazouille-t-elle.

Et vlan ! J'en prends une livre et demie et je demande qu'on me mette le reste au frigo pour plus tard. C'est ce qu'on appelle l'esprit d'à-propos. Cette gosse a tout ce qu'il faut pour ne pas se laisser marcher sur les pieds.

— C'est urgent, dis-je, en adoptant une gravité de bon ton qui est un compromis entre les condoléances attristées et les félicitations du jury.

Je demande, mine de rien, en lui distillant mon œillade 18 *ter*, celle qui m'a valu un diplôme d'honneur décerné par les frères Zonêtes à prix Lissac :

— Où puis-je le trouver ?

— A Londres, fait-elle sans hésiter.

— Il est parti ? bredouille le commissaire San-Antonio, l'homme qui n'a pas peur des mouches et qui touille son café avec une cuillère du même nom.

— Pour aller à Londres, il faut bien partir, souligne-t-elle.

J'aime bien les persifleurs ; et aussi les mèresifleuses, mais point trop n'en faut car j'ai la glande colérique délicate.

— Il est parti pour longtemps ?

— Jusqu'à demain. Il y a à Londres le Congrès international de l'hypnotisme.

— Il ne se produit plus à l'Alcazar, par conséquent ?

— Pas ce soir, car c'est le jour de relâche, continue d'ironiser la charmante rouquine.

Nous sommes toujours, moi dans le couloir et elle dans l'encadrement de sa porte.

— Si vous me permettiez d'entrer, fais-je, je pourrais peut-être expliquer ce qui m'amène...

Elle paraît hésiter un peu, mais ce temps mort est de courte durée. Elle s'efface et murmure :

— Je vous en prie.

Je pénètre dans un petit séjour passe-partout. Le meublé pour gens qui ne s'attardent pas. C'est confortable, d'assez bon goût, mais anonyme. Je n'y découvre aucune note personnelle, aucun détail intime, si ce n'est une combinaison bleu ciel à dentelle infernale jetée sur un siège et à laquelle un slip de même métal tient compagnie.

La môme rafle ces pièces détachées prestement et les colle dans le tiroir entrouvert d'une commode.

Elle me désigne un fauteuil recouvert de peluche grenat.

— Je vous en prie, redit-elle.

Je dépose plusieurs kilogrammes d'homme en parfaite santé dans le fauteuil et je me dis en aparté, car je parle couramment cette langue, qu'il ferait bon passer la journée dans ce petit logement avec une partenaire de ce format.

— Puis-je vous demander votre nom ? fait la douce enfant.

Dans la lumière du jour sa chevelure flamboie comme un incendie ; on aimerait être le pompier de service, parole !

— Commissaire San-Antonio, fais-je.

Elle acquiesce, sans s'émouvoir.

Puis, mutine :

— Vous ne faites pas tellement…

— Flic ? terminé-je. Oui, on me l'a déjà dit.

— Bien entendu, vous pouvez me prouver votre identité et votre qualité ?

En soupirant je lui tends ma carte.

— C'est plus un défaut qu'une qualité, assuré-je.

Et c'est à ce moment-là que mon renifleur

se met à faire du zèle. J'éprouve tout à coup une sensation bizarre, comme lorsqu'on est regardé à la dérobée et que ce regard vous accable.

Mine de rien je mate autour de moi. Au fond de la pièce, une porte arrondie donne vraisemblablement accès à la chambre.

Une deuxième, à ma gauche, ouvre sur une petite cuisine que j'aperçois distinctement puisque la lourde est ouverte.

Si on m'observe, c'est donc par le trou de la serrure de la porte du fond.

La môme s'empare d'une tasse de café qui fumait sur une table basse.

— Vous m'excuserez, dit-elle, je prenais mon café matinal lorsque vous avez sonné.

Je *lui* dis que c'est moi qui m'excuse : et je *me* dis que si elle était fair play, elle m'offrirait un bol de caoua pour me doper. Un miroir me renvoie à la sauvette ma bouille défraîchie. Je dois reconnaître que je n'en suis pas fier.

Ma barbouse a poussé, et mon teint a viré au gris. J'ai deux petites valoches style Air France sous les carreaux et les paupières tellement lourdes que je vais devoir les soutenir avec des morceaux d'allumette.

— En quel honneur la police s'intéresse-t-elle à Edwin ? s'inquiète la douce enfant.

— Elle ne s'intéresse pas à lui à proprement parler, déclaré-je en ponctuant le tout d'un petit ricanement enjoué, elle a plus exactement besoin de lui.

— Besoin de lui ?

— Pour réveiller un de ses spectateurs d'hier soir. Ce gars était monté sur scène. M. Zobedenib l'a mal tiré de son état comateux, ou alors il s'agit d'un sujet exceptionnel, toujours est-il qu'on l'a retrouvé endormi dans les coulisses cette nuit, au cours d'une ronde, et qu'on aimerait le restituer à la réalité.

— C'est fantastique, dit la gosse. Jamais pareille chose ne s'est produite. Edwin connaît son métier, et il n'a pas pour habitude…

— Je ne dis pas que ce soit une habitude, rectifié-je.

A mon tour de te contrer, poulette. Tes vannes de tout à l'heure me sont restées sur la patate.

Maintenant je suis presque certain qu'il y a quelqu'un dans la pièce voisine. Je viens de percevoir un léger craquement du plancher. Il se pourrait que la belle rouquine me mène en bateau.

— A quelle heure M. Zobedenib est-il parti ?

— Il y a à peine vingt minutes. Il prend l'avion de 8 heures.

Je regarde ma montre. Elle indique 7 plombes 35. Il serait encore temps de l'intercepter à l'aéroport.

— Est-on sûr que l'homme dont vous parlez soit en catalepsie ? insiste la donzelle. N'aurait-il pas plutôt eu un malaise ?

— Non. Le médecin est formel.

Cette fois ma décision est arrêtée. Je désigne l'appareil téléphonique.

— Vous me permettez d'user de cet instrument ?

— Faites, répond-elle avec une indifférence un peu trop affectée.

Je vais décrocher. Tous les postes du buildinge passent par un standard. Une voix de femme s'inquiète de mes désirs.

— Passez-moi le commissariat d'Orly en priorité, dis-je.

La rouquine s'étrangle un peu en buvant son reste de jus.

— Qu'allez-vous faire ?

— Retarder le départ de Zobedenib. Au fait, c'est votre mari ?

— Mon patron, rectifie-t-elle. Je suis sa secrétaire.

— Particulière ? j'ajoute sans me marrer.

— Particulière, admet-elle, au lieu de me traiter de mufle, ce qui serait son droit.

Elle ajoute :

— Le Petit Marcel (et elle prononce ça avec respect) reçoit beaucoup de courrier.

Pour preuve de ses dires, elle me montre une avalanche de bafouilles dans une corbeille d'osier. Je remarque alors la machine à écrire portable remisée sur un meuble.

— Or, s'il parle français, il ne le lit pas, et l'écrit encore moins, poursuit-elle. C'est moi qui réponds à ses nombreux admirateurs.

— Je vois, fais-je. Et je vois aussi que vous prenez votre service de fort bonne heure.

— Aujourd'hui c'est exceptionnel, je suis venue très tôt à cause de son départ, justement.

Je désigne sa robe de chambre.

— Et vous vous mettez dans une tenue commode pour travailler…

Elle rougit et détourne les yeux.

— Ça me regarde, ronchonne la secrétaire particulière.

La voix de la standardiste m'annonce que j'ai Orly.

— Le commissariat ? lancé-je allègrement.

Tout en jactant je surveille la porte de la chambre. Pas d'erreur : il y a quelqu'un derrière.

Je suis certain que le loquet a eu un frémissement. Ça m'ennuierait de partir sans avoir jeté un coup d'œil de ce côté.

La fille rousse aussi surveille la chambre.

D'un mouvement très naturel et comme par discrétion, elle s'y dirige.

— Allô ! fais-je, le commissaire Météaud est-il là ?

— Non.

— Alors passez-moi son adjoint, ici commissaire San-Antonio.

Je suis connu dans la poulaillerie et j'impressionne les collègues.

On me dit O.K. !

Délicatement je pose le combiné sur la commode et sur la pointe des pieds je gagne la porte de la chambre.

Pour donner le change, je mets ma main devant ma bouche et je clame des « allô ! » impatientés.

La lourde est refermée, mais c'est au tour du gars Bibi de jouer les valets de chambre.

Je mets mon œil le plus sagace au niveau du trou de la serrure. Travelling optique ! J'aperçois deux jambes d'homme. C'est fulgurant comme un éclair.

En deux enjambées, je retourne au téléphone.

L'adjoint de Météaud s'égosille à dire qu'il est en ligne. Je lui assure que bibi itou.

— Un certain Edwin Zobedenib s'apprête à prendre le Paris-Londres de 8 heures, dis-je.

— 8 h 4, rectifie cette horloge parlante.

— Soit ! interceptez-le et faites-le conduire d'urgence à telle adresse (je cloque celle du gars Béru)[1]. S'il proteste, dites-lui qu'il pourra prendre l'avion suivant. A quelle heure y en a-t-il un autre ?

— A 10 h 41, rétorque cet indicateur vivant.

— O.K. ! Faites le nécessaire.

Je raccroche. Comme par enchantement, la gosseline fait sa rentrée.

— Vous avez entendu ? lui dis-je.

Elle chique les étonnées.

— Non, quoi donc ?

— Je retarde le départ de votre honorable patron. Et de ce pas je vais aller le trouver. Avez-vous quelque chose à lui faire dire ?

— Non, rien…

— Vous êtes Mlle… ?

— Solange Roland.

1. Je me garde bien de vous la communiquer, car vous iriez le faire tartir, vicelards comme je vous connais. Et le Gros a déjà assez d'emmouscaillements avec sa baleine.

Je prends mon stylo à encre, vu que j'ai une idée de derrière la calebasse.

J'écris son identité sur mon carnet et, mine de rien, j'actionne la petite pompe à encre du stylo. Ça se met à crachoter sur la feuille. J'en prends plein le bout des doigts.

Alors elle devient pâlotte, la fille. Je ne lui laisse pas le temps de récupérer.

— La salle de bains est par là, je suppose ? ajouté-je en fonçant en direction de la chambre.

Elle a un sursaut.

— Non ! s'écrie-t-elle, venez plutôt à la cuisine, c'est tout en désordre par ici…

— Oh ! ne vous en faites pas. Les policiers, c'est comme les toubibs, ils ont l'habitude de voir les lits défaits et les brosses à cheveux sur le plateau du petit déjeuner.

Et là-dessus, sans façon, je pousse la porte.

Un qui est marri, c'est le gars Landowski en me voyant débouler dans la piaule. Il a un élan vers la salle de bains, mais il comprend combien une telle tentative serait superfétatoire et il s'assied sur le bord du lit.

Il est dans la situation du monsieur à poil qu'un cocu inopiné découvre dans sa garde-robe. C'est dur à affronter, un instant pareil. Il ne peut décemment pas dire qu'il prend le frais puisqu'il se trouve dans une chambre à coucher aux fenêtres hermétiquement closes et il sent bien que je ne le croirais pas davantage s'il me racontait qu'il attend l'autobus.

— Oh ! excusez-moi, dis-je. Je ne me doutais pas qu'il y avait quelqu'un.

Je me demande s'il me reconnaît. Car en somme il m'a vu deux heures auparavant au comptoir du bistrot. Il se peut que je ne l'aie pas impressionné. Pourtant il me dévisage d'un air songeur comme si, brusquement, il se rappelait. A travers le trou de la serrure il me voyait mal. Maintenant il est aux premières loges pour m'admirer.

La môme Solange a titubé jusqu'à la porte et nous regarde. Il y a comme un moment d'indécision. J'ai toujours mes doigts tachés d'encre. Je me dirige vers la salle de bains minuscule et vaguement archaïque. Je me savonne en lorgnant le couple dans la glace du lavabo.

Ni l'un ni l'autre ne moufte. Ils attendent que je prenne l'initiative des opérations.

Je la prends donc. Et à deux mains.

— Qui êtes vous ?

— L'assistant du Petit Marcel, me répond le mastar avec un accent polonais qui n'est pas piqué des hannetons.

— Que faites-vous ici ?

— C'est normal que je vienne chez mon patron, je suppose ?

— Ce qui ne l'est pas, c'est que vous vous cachiez dans sa chambre.

— C'est par discrétion, assure l'effronté.

Il a de l'aplomb. C'est pas le genre de mec à qui on fait passer le hoquet en faisant simplement « hou ! » dans son dos. Pour lui flanquer les copeaux, il faut se lever tôt le matin et amener ses accessoires.

— Je crois, lui dis-je froidement, que vous avez tout intérêt à vous expliquer…

Il me regarde, lit ma résolution et me déclare :

— Pour tout vous dire, Solange et moi…

— Vu, fais-je.

Solange et lui sont ce qu'on appelle au mieux. Il est venu se la payer dès que Zobedenib a mis les bouts, mais ma visite matinale a interrompu leurs transports en commun. Voilà pourquoi la secrétaire était en petite tenue.

— Je compte sur votre discrétion, monsieur le commissaire…

— Tiens ! ricané-je, vous avez l'oreille fine.

Comme il paraît bien disposé, je lui porte ma botte secrète.

— Vous avez vu le Petit Marcel, ce matin ?

Il hoche la tête.

— Il est venu me trouver à mon hôtel.

J'ai l'enthousiasme qui se flétrit comme un pot de réséda en plein Sahara.

— Vraiment ?

— Oui. Un mauvais plaisant l'a réveillé dans la nuit et a glissé un mot ridicule sous sa porte. Comme mon patron ne lit pas le français et qu'il était inquiet à cause de ce message, il est allé me voir à mon hôtel pour me demander de le lui lire…

— Il n'a pas pensé s'adresser au gardien de nuit ?

— Zobedenib est un homme très méfiant. Il se demandait précisément si ce n'était pas le veilleur de nuit qui avait mis le message sous la porte.

Tout en devisant, nous sommes revenus au living.

J'ai de l'amertume plein le placard, avec en plus du stock dans l'arrière-salle de mon subconscient. Je pensais avoir mis le nez dans une affaire très louche, et voilà que tout est d'une simplicité déroutante.

Pour la forme, je demande :

— Quelle était la teneur de ce message ?

Landowski a un rire gras.

— Voyons, monsieur le commissaire, dit-il, *vous le savez bien, puisque c'est vous qui l'avez écrit.*

Il me désigne mon carnet taché d'encre que j'ai laissé sur la table.

— Je reconnais le papier, ajoute-t-il.

Bobine du très fameux San-Antonouille.

Ce dégourdoche n'en reste pas là.

— Et je vous reconnais vous-même. Vous m'avez suivi jusqu'au café où je suis allé téléphoner de très bonne heure.

De mieux en mieux. Il va me traiter de comte d'ici pas longtemps.

Alors pour changer, je biaise : le matin on a toujours envie de biaiser.

— Pourquoi n'avez-vous pas téléphoné de l'hôtel ?

Il se fend le pébroque.

— Parce que la ligne du Saint-Martin est en dérangement, demandez-leur à l'hôtel, ils vous le confirmeront.

San-Antonio, la reine des crêpes ! L'empereur du navet ! Dire que j'ai fait défoncer les gogues d'un honnête bistrot parce que ma gamberge était vagabonde. Voilà que je me raconte des histoires et que je me comporte comme si elles étaient véridiques ! Ma doué ! Si le Vieux savait ça, il voudrait la piquer sa crise des jours Days (les meilleurs parce qu'ils sont anglais).

— A qui avez-vous téléphoné ?

Son sourire ne le quitte pas. Il est désarmant ; il affole. Je ne sais pas pourquoi, en présence de cet homme je ressens une impression d'infériorité.

— A Solange ! fait-il. Je lui fixais rendez-vous ici.

— Vous parliez une langue étrangère !

— En polonais, ma langue maternelle. Solange est polonaise par sa mère, n'est-ce pas, amour ?

Et il lui débite une tirade interminable à laquelle la môme rétorque par une autre tirade du même tonneau.

Je ne comprends pas le polak, mais je suis prêt à vous parier un filet de vinaigre contre la voix d'Aznavour qu'ils causent de moi, ces pommes ! Et que ce qu'ils en disent est moins que gentil. Si on me le traduisait, je voudrais me sentir pâlichon du bulbe.

— Vous voyez, me dit Landowski.

Qu'ajouter ? Je suis cornard sur toute la ligne et au-delà. Un petit silence tout ce qu'il y a de silencieux afin que votre pauvre amoindri de San-A. prenne ses idées confuses par paquets de six et les range dans la naphtaline.

Au fond, dans tout ce circus, une seule chose est certaine : le cas Béru.

Les Petits Marcel's brothers and sisters ont peut-être la conscience blanche comme une campagne publicitaire de Persil, toujours est-il que le Gros, lui, a été asphyxié proprement et que je l'ai retrouvé sous un divan dans la loge de Petit Marcel. Ça, qu'on le veuille ou non, qu'on me brade de la romaine ou qu'on me chante des goualantes napolitaines, c'est vrai, ça existe, c'est constaté, réel, authentique, contrôlé, admis, irréfutable, formel, établi.

Béru fêtait son ami Alfred. Il avait une bouteille de Mouette ou de Veuve Clitote au frais. Il en rotait déjà de plaisir et d'impatience lorsqu'un coup de fil mystérieux l'a braqué sur l'Alcazar où il s'est empressé de servir de médium à un zigoto qu'il ne connaissait pas. En sachant que la Berthe et le coiffeur se vérifiaient le transformateur d'énergie en son absence !

Nom d'une anémie graisseuse, c'est du mystère ou ça n'en est pas ?

Puisqu'on joue à se faire voir nos cartes, j'étale mon jeu de cinquante-deux brèmes avec joker.

— Vous êtes au courant du gros endormi

qui gisait dans la loge de votre vénérable patron ?

Il écarquille ses lampions, l'air plus ahuri que le monsieur qui a commandé une Cadillac et auquel on livre une brouette.

— Dans la loge ! s'exclame-t-il. Tout à l'heure vous avez dit à Solange que c'était dans les coulisses ?

— Eh bien, je n'avais pas précisé. L'individu dont je vous parle (ici j'adresse une pensée émue à l'effroyable Béru) était couché sous le divan.

— Qui l'a trouvé ? demande Landowski.

Je continue de les berlurer pour ne pas perdre les bonnes habitudes.

— Un veilleur de nuit.

— Les loges sont fermées à clé cependant…

— Le dormeur a dû remuer, ou geindre…

— S'il est vraiment en catalepsie, c'est impossible.

— Bref, toujours est-il qu'il a été découvert et que je voudrais bien l'éveiller. Vous n'êtes pas au courant de cette séance particulière ?

— Pas le moins du monde.

— Il y a longtemps que vous servez d'assistant au Petit Marcel ?

— Quatre ans environ.

— Et jamais un tel incident ne s'est produit ?

— Jamais !

« Certes, il arrive que nous recevions, à l'issue du spectacle, la visite de gens sceptiques qui demandent à être endormis. Le Petit Marcel les endort huit fois sur dix, mais les réveille aussitôt. Il ne lui est jamais arrivé d'abandonner un client en transes.

— Selon vous, est-il possible qu'un sujet particulièrement réceptif se rendorme par ses propres moyens ?

— Mais non, c'est ridicule…

Il réfléchit un instant, puis, catégorique :

— J'ai entendu Solange vous dire, tout à l'heure, que l'homme dont vous parlez n'était peut-être pas magnétisé. Jusqu'à preuve du contraire je partage son opinion. Il s'agit d'une défaillance cardiaque ou de quelque chose dans ce goût-là. Vous avez eu raison de faire intervenir Petit Marcel, il vous éclairera sur ce point.

— Cela ne nous expliquerait pas ce que l'homme fichait dans votre loge, bougonné-je.

— Il est peut-être sous l'effet d'un anesthésique administré par quelqu'un ayant intérêt à le neutraliser. Ce quelqu'un l'aura collé dans la loge du Petit Marcel pour aiguiller les soupçons sur une fausse piste. Le calcul était bon !

En effet : lorsque vous trouvez un homme endormi dans la loge d'un hypnotiseur, la première idée qui vous vient à l'esprit, que vous soyez policier ou pas, c'est que c'est l'hypnotiseur qui l'a endormi.

Je me dis à la puissance mille qu'il a raison. Et je me dis en outre qu'il n'y a pas plus de différence entre un pâté en croûte et San-Antonio qu'entre Bérurier et un cocu. Soyons logique, loyal et positif : je me suis mis le doigt dans l'œil jusqu'à l'omoplate depuis le début. Le propre de l'homme fort, a dit je ne sais quelle truffe, c'est de savoir reconnaître ses erreurs. San-A. reconnaît les siennes. Quand il le faut, il se frappe la poitrine à s'en fêler les côtelettes, San-A. Il est comme ça et pas autrement, San-A.

Il pige enfin que la magie est l'art de l'illusion. Il a cru que dans le sommeil bérurien elle avait son mot à dire et il constate que c'était une illusion.

Alors San-A. fait marche arrière. L'écrevisse-polka, il sait la danser.

— Excusez le dérangement, fais-je. Mais il faut que j'aille rejoindre votre patron auprès du patient.

Solange me compte dix gouttes d'extase

avec son œil gauche et douze de volupté en puissance avec le droit.

— Si vous aviez la gentillesse de ne pas lui dire que…

Je file un regard nostalgique à ses charmes.

— Comptez sur moi, ravissante personne.

— On peut être flic, on n'en est pas moins mutin.

Je me demande tout de même pourquoi la gosseline rouquinos a tellement les chocottes que l'endormeur public number one soit au courant de sa liaison avec Landowski. Ou plutôt je ne me le demande pas : je le sais. Petit Marcel n'est pas seulement son employeur. Et s'il savait qu'elle grimpe avec l'assistant, il lui ferait une scène en grande exclusivité mondiale.

Entre nous et le terrain de football de la Garenne-Colombes, c'est pas fort d'être le superman du subconscient et de se laisser encornifler en n'y voyant que tchi.

Je quitte le couple pour me propulser sur les terres de B.B.

CHAPITRE VI

Dans lequel il est avéré que le don du Petit Marcel est à sens unique.

Il y a du remue-ménage dans l'immeuble du Mahousse. Le bistrot d'en bas a largué son rade et règne dans l'escadrin en souverain absolu, avec à la main, en guise du sceptre, un rince-bouteille déplumé. La concierge, une importante personne dont le tour de taille n'a d'égal que l'importance qu'elle accorde au subjonctif, décrit l'arrivée de Béru sur une civière, en parlant haut because le voisin du dessous a la batterie de son sonotone qui se décharge.

— Le pauvre homme, si pâle, se lamente la châtelaine du cap Cerbère, lui que vous le connaissez toujours conjectionné, il est cadavérique. Et personne chez lui pour l'accueillir ! Que sa grosse est allée passer la nuit chez qui vous savez à cause que probablement l'odeur des parfums l'attire !

Je fends la populace avec mon brise-glace portable à injection d'eau chaude sur le tranchant et roues à aubes surmultipliées, et je gravis d'un pas urgent les degrés qui conduisent chez Béru. J'en compte quarante-cinq, comme dans le Ricard que le Gros boit volontiers à l'heure noble de l'apéritif.

La porte de son home est ouverte et ces messieurs de la maréchaussée vont et viennent dans l'appartement.

Ils sont trois, parmi lesquels l'un des vaillants gardes de la nuit qui se tape des heures supplémentaires avec une vaillance et une abnégation dignes de l'uniforme qu'il porte.

Il accourt.

— Nous l'avons amené ici, selon vos instructions, commissaire. Il n'y avait personne dans l'appartement. Heureusement il avait la clé dans une de ses poches.

Je gagne la chambre à coucher. Elle me rappelle une porcherie que j'ai beaucoup aimée ; en moins moderne, toutefois et en beaucoup moins propre.

Mon pote Béru gît sur sa couche matrimoniale plus défoncée qu'un chemin de terre après le passage d'une division de panzers.

Il est dans la même attitude que lorsque je l'ai dégauchi. Il finit par ressembler à sa propre statue. On s'attend à trouver une plaque de marbre aussi explicative que commémorative au pied du pageot : « A Benoît Bérurier, martyr des lois sur le mariage, la Patrie apitoyée ».

Je lui tâte le pouls. Ça fonctionne molo dans sa vaillante carcasse. Si jamais il se réveille un jour, il se sentira tout neuf, le Gravos, comme un costar retourné. En attendant, je commence à me sentir inquiet pour sa grosse pomme. Il me revient des histoires de dormeur ayant pioncé plusieurs années d'affilée. Non, mais vous voyez pas que ce soit le cas de Béru ? Vous l'imaginez, ma grosse bouille de sous-verge, ronflant jusqu'à l'âge de sa retraite, et ensuite, se réveillant pour aller se reposer ?

Du coup, la Berthe voudrait se régaler impunément avec le pommadin et les livreurs de passage. Elle installerait son époux sur un lit de camp dans un coin de la turne et à elle le champ de Mars des grands ébats !

Le mariage, dans ces conditions, moi je veux bien : je suis preneur de la Belle au bois dormant.

Seulement je serais moins cloche que le

Prince Charmant et je marcherais sur la pointe des lattes pour ne pas la réveiller.

Un brouhaha me fait dresser l'oreille droite. C'est le fameux Zobedenib qui s'annonce, escorté de deux poulagas d'Orly.

Il est tout sauf content, l'Egyptien. Il entre dans la chambre en renaudant comme un camé à qui un trafiquant de neige a bradé du bicarbonate de soude pour de la coco.

— Ce sont des procédés inqualifiables, qu'il dit, le julot, en un français légèrement anglo-égyptien. Je me plaindrai à vos supérieurs.

Le téméraire San-Antonio s'avance alors.

— Je vous écoute, dit-il en soutenant le regard hypnotique du Petit Marcel. Je suis l'un des supérieurs en question.

Croyez-moi si vous voulez, et si vous ne voulez pas, courez vous faire opérer de l'appendicite, mais c'est l'endormeur qui détourne les yeux. Peut-être que j'ai du fluide plein les carreaux, moi aussi ? Ce serait à essayer.

Vous voyez pas que je mette groggy mes interlocuteurs rien qu'en leur plongeant mon rayon magique dans les vasistas ?

Déjà que les poupées se sentent toutes moites quand je leur file un coup de projecteur ! Oh ! mais dites, les potes, faudra que je m'entraîne devant ma glace. Si j'arrive à m'endormir moi-même, c'est que j'ai de la haute tension dans les rayons X, non ?

Le Petit Marcel est plus petit à la ville que sur scène. S'il était moins grand, il ressemblerait à un nain.

Il porte un costar à carreaux noirs et blancs qui le fait ressembler à un jeu de dames en vadrouille. Il a une chemise verte, un nœud papillon aux ailes jaspées ; et il est coiffé d'un mignon bitos taupé, dans les tons verts, avec cordelière tressée en guise de ruban. C'est plus tyrolien que toute l'Autriche, ça, madame. Il devait même y avoir une touffe de blaireau sur le côté de son bada ; mais Petit Marcel l'a enlevée, sans doute quelqu'un de ses familiers lui a-t-il fait observer qu'il avait l'air gland au-delà de toute mesure, à moins qu'il ne l'ait utilisée pour se raser…

— C'est inimaginable, rouscaille l'Egyptien. J'allais prendre l'avion pour…

— Je sais, coupé-je. C'est moi qui vous ai fait venir ici.

— Et de quel droit, monsieur ?

— De celui-ci, pour commencer, aboyé-je en lui filant ma carte sous le pare-brise.

Il y jette un coup d'œil.

— Je ne vois pas de quel droit la police se

mêle de mes affaires. Le comble, c'est que ces gens…

Il me désigne mes escorteurs.

— … c'est que ces gens n'avaient pas le moindre papier pour agir…

— Pour ce qui est des papiers, nous nous en occuperons plus tard, assuré-je sèchement. Allons au plus pressé.

— Le plus pressé, c'est moi, fulmine M. Châsses magiques en faisant claquer ses doigts. On m'attend à Londres…

— Vous pourrez y aller tout à l'heure et même téléphoner dans l'intervalle afin de vous excuser.

Je le pousse en direction de la couche bérurienne.

— Vous reconnaissez cet homme ?

Il s'avance et mate le Gros affalé sur son pucier.

Du coup il cesse de regimber. Il ne pâlit pas car il a déjà le teint verdâtre, mais ses sourcils épais se joignent d'une façon significative.

— Mais, bredouille-t-il, c'est un de mes sujets d'hier soir ?

— Exact.

— Que lui est-il arrivé ?

— C'est pour que vous me l'appreniez que je vous ai convoqué, cher hypnotiseur…

Il me regarde d'un air ahuri.

— Je ne comprends pas !

— Cet homme n'est jamais ressorti du théâtre après la représentation. Et on l'a retrouvé sous le divan de votre loge.

J'attends une seconde et demie et je lui mugis en pleine poire.

— Explications ?

Le Petit Marcel a un sursaut. C'est pas un téméraire, lui.

Quand il va au zoo, il ne passe pas la paluche à travers la cage du lion pour lui caresser la crinière. Et quand il y a une bagarre dans le bistrot où il va licher son crème, il cavale dans la cabine téléphonique pour demander l'heure à l'horloge parlante.

— Je ne sais rien, lamente le mage.

— Mince ! rigolé-je, pour un type qui lit dans les consciences, c'est pas malin.

Il ne relève pas le sarcasme.

— Commencez par réveiller ce monsieur, conseillé-je, nous bavarderons après.

Cette patate d'endormeur m'a l'air emmouscaillé jusqu'à la garde. Il s'approche du pageot et s'incline sur Béru. Il lui fait claquer ses doigts à l'orifice des manettes comme sur scène quand il réveille ses bonshommes. Mais autant soulager sa vessie dans un violon. Le Gravos ne bronche pas d'un quart de dixième de poil.

Le Petit Marcel me file un coup d'œil éperdu.

— Il… il ne se réveille pas, bafouille-t-il.

— Charriez pas, vieux, grondé-je. Votre don n'est pas unilatéral, des fois ? Sur scène, quand vous endormez vos volontaires de la pionce, vous les réveillez d'une pichenette.

Alors il s'égosille :

— Mais comprenez-moi donc, monsieur le commissaire : *ce n'est pas moi qui l'ai endormi !*

Il y a une telle détresse dans son cri, un tel élan que je suis tenté de le croire.

Me sentant atteint, il poursuit :

— Si je l'avais endormi, l'aurais-je installé dans ma loge ?

L'argument est de poids, comme dit un haltérophile altéré de mes relations. Du reste, Landowski me l'a déjà fait valoir.

— Enfin, dis-je, cet homme est-il en état d'hypnose, oui ou non ?

Le Petit Marcel opine.

— Sans aucun doute…

— Et vous ne pouvez pas l'éveiller ?

— Non, puisque je ne l'ai pas endormi. Je

n'éveille que les sujets que j'endors, c'est pourtant facile à comprendre !

Son accent me porte sur les glandes.

— Conclusion : vous êtes impuissant ?

— Absolument impuissant.

— En ce cas, que me conseillez-vous ?

— Voyez un neurologue.

Son raisonnement rejoint celui du vieux toubib de la nuit. Quel spécialiste m'a-t-il recommandé, le vioque à barbousette ? Je fais appel à mes dons mnémoniques. J'y suis, le professeur Tessingler.

Je vais au bigophone et je demande le numéro de cette sommité aux renseignements. En moins de temps qu'il n'en faut à un vétérinaire pour rendre un chat célibataire à vie, j'obtiens le cabinet du prof. Son assistante me dit qu'il est présentement à sa clinique mais qu'il passera dans le début de l'après-midi.

Allons, le Gros a encore de la dorme sur la planche.

Je dis aux flics présents qu'ils peuvent rejoindre leurs bases respectives à l'exception d'un seul destiné à jouer au garde-hypnotisé.

— Il n'a pas une femme ? demande l'agent de la nuit qui se sent des liens secrets avec le gars Mézigue.

— Il en a une en participation, fais-je. Elle

doit se trouver présentement chez l'autre actionnaire ; inutile de la prévenir, elle rentrera toujours assez tôt.

Je touche le bras de Petit Marcel.

— Venez avec moi, nous avons à bavarder en attendant votre prochain coucou.

— Où ça ? demande le fakir, effaré.

— A mon bureau, on y est tranquille.

Il louche sur sa montre.

— Mais je…

— Vous l'aurez, je vous le promets, certifié-je.

Et on se casse bras dessus, bras dessous, comme deux bons petits diables.

D'ailleurs y a de ça, hein, les gars ?

En fait de diablotins, on se pose là, Zobedenib et Bibi, chacun dans notre sphère. Lui est le diable de l'au-delà et San-A. le diable d'ici-bas (le meilleur, l'essayer c'est l'adopter).

Nous montons dans ma charrette. Le Petit Marcel se remet à rouscailler. Il dit que cette perte de temps lui est préjudiciable et que si jamais les journaux apprennent ses démêlés avec la poule, il n'aura plus que la ressource d'aller prodiguer ses dons dans les maternités pour assister les femmes en couches.

Moi je lui rétorque que ce serait une façon beaucoup plus humaine d'utiliser son savoir.

Alors il me fait la hure. Et c'est dans une atmosphère extrêmement tendue que nous investissons la maison poulmen.

CHAPITRE VII

Dans lequel je prouve que
Sherlock Holmes
n'avait rien à m'apprendre.

Non, il n'avait rien à m'apprendre ce superman de la déduction, because quand San-A. s'y met, question méninges, il ne craint rien ni personne, pas même une méningite.

En y réfléchissant, je pense que si le gars Sherlock revenait, ce serait votre San-A. joli, mesdames, qui lui apprendrait des choses. Et plus que des choses : des trucs.

Dame, il était anglais, cet homme. Par conséquent il ne devait pas savoir confectionner le cassoulet toulousain. Et toujours parce qu'il était anglais, en amour, ça devait pas être Versailles ! Du reste, si vous ne craignez pas le vertige, je vais vous livrer franco de porc le fond de ma pensée : Sherlock était de la pédale. Faut savoir lire entre les lignes, comme les épouses des pêcheurs de goujons.

Dites, ses relations avec Watson : mon œil ! C'est de l'attrape-nigaud, de la poudre aux yeux ! Les potes inséparables, on sait ce que ça veut dire ! Pédoque Holmès, oui ! Et son complice, pourquoi portait-il un nom de pétard, hein[1] ? Un drôle de pistolet encore, ce zigue !

Je me dis tout ça en gravissant l'escalier plein de marches qui conduit à mon bureau. L'Egyptien me suit péniblement, en grommelant des hiéroglyphes.

Je pousse ma porte et je le fais entrer. L'homme du Nil s'arrête. Je découvre alors l'objet de sa stupeur ; Pinaud, le brave, le cher, le digne, le doux, le gentil Pinuchet, se livre à une occupation qui n'a rien de très policier : il fait de la mobylette dans le burlingue. Plus exactement, il essaie d'en faire car, pour le moment, ses essais sont peu concluants.

Notre arrivée le fait sursauter. Il tourne la manette des gaz du mauvais côté, et au lieu de s'arrêter, il nous fonce dessus. Le Petit

1. San-A. veut sans doute faire allusion à la fameuse marque d'armes Smith et Watson !

Marcel, qui a dû voir des corridas, fait un saut de côté et le Révérend emplâtre le montant de la porte. Sa mobylette continue toute seule dans le couloir en zigzaguant d'un mur à l'autre. Elle percute Honoré Padebalzaque, le garçon de bureau qui s'annonçait en tenant devant son imposante brioche une pile de dossiers haute comme le Pelvoux.

Honoré libère une clameur qui fait frémir tout l'étage et disparaît sous une tempête de feuillets.

Cependant, Pinaud qui est assis sur le parquet se remet de son émotion.

— Excusez-moi, fait-il à mon Egyptien, mais le vélomoteur, dans les débuts, c'est traître.

— Où as-tu pris cet engin ? je vocifère.

— C'est ma femme, dit le débris, humblement.

— Elle te l'a offert ?

— Non, elle l'a gagné à un concours de mots croisés. Elle est très forte. Y avait un mot coriace, je t'assure.

Il se tourne vers le mage.

— La définition était : « Dont les étamines présentent deux anthères. » Vous vous rendez compte de ce vice qu'ils ont dans les concours !

Eh bien ! Mme Pinaud a trouvé : c'était dianthère en neuf lettres.

Je le vire en cinq lettres, ce qui pulvérise le record de la digne mère Pinuche et, tandis qu'il va récupérer son bolide afin de s'entraîner pour le saut de la mort, je conseille à Zobedenib de se poser sur un fauteuil pivotant, face à mon bureau.

La pièce pue la fumée d'échappement et l'essence. Je vous jure que des équipiers comme Pinuche et Béru, y a qu'à la grande taule qu'on en trouve.

— Ce ne sera pas trop long, j'espère ?

— Nenni. Voyons, commençons par le début. A la fin de la représentation d'hier, après avoir réveillé vos sujets et salué le public, qu'avez-vous fait.

— J'ai gagné ma loge pour me déshabiller.

— Vous l'occupez seul ?

— Naturellement.

— Et votre assistant ?

— Oh ! il n'a pas de loge, puisqu'il intervient en costume de ville, sans maquillage de scène. Son rôle doit être le plus effacé possible, comprenez-vous ?

— Je comprends. Alors nous disons que vous vous êtes dévêtu ?

— Parfaitement. Je me suis démaquillé et j'ai passé mes vêtements courants.

— Vous n'avez pas revu le gros homme ?

— Non. Vous savez, je mets plus de temps que mes patients à me préparer. J'ai un habit à poser, des manchettes à défaire, etc. Lorsque je suis sorti, il n'y avait plus que moi et le concierge.

— Qu'avez-vous fait ?

— Eh bien, j'ai fermé ma loge à clé. J'ai dit au revoir au concierge qui remettait de l'ordre dans le vestiaire des sujets et j'ai gagné la sortie des artistes.

— En emportant la clé ?

— Non, en la déposant au passage sur le guichet de la loge.

— Où n'importe qui aurait pu la prendre ?

— Certes, mais plus tard, avant de s'en aller, le concierge accroche la clé au tableau dans sa loge et il ferme celle-ci à clé, ce qui fait que…

Je coupe.

— Parfait, après ?

— Après ? Mais je suis allé souper…

— Puis-je vous demander où ?

Zobedenib fronce ses épais sourcils avec mécontentement.

— Dites donc, monsieur le commissaire, mais c'est un interrogatoire !

De quoi se marier, comme disait un éminent grammairien de mes amis (c'est lui qui a inventé la parenthèse hydraulique, le point-virgule surbaissé et le tiret à crémaillère ; lui aussi qui a fait dessiner par Loewy le L apostrophe aérodynamique, ligne italienne, et qui fait des recherches afin de rendre la parole au *e* muet).

— Appelez cela comme vous voudrez, chantonné-je à la Maurice.

Et je lui fais le chaud-froid de volaille classique, à savoir que je passe du plaisant au supergrave avec une instantanéité qui l'asphyxie.

— Seulement cet homme a été découvert sur votre territoire en somme, et il est normal que je procède à une enquête ; vous admettrez, j'espère, que le cas n'est pas clair ?

Il n'insiste pas.

Comme je veux poursuivre, la porte s'entrouvre, et le vétuste Pinaud passe sa tronche cacochyme de dinosaure constipé par l'entrebâillement.

— San-A., me fait-il, j'ai à te causer. C'est rapport à mon vélomoteur dans un sens…

Je fulmine, ayant des bombes fulmigènes plein le tiroir de ma cravate.

— Vas-tu me foutre le camp et la paix, nom de ceci et de cela ! Grimpe sur ton engin et descends l'escalier !

Il bavoche des protestations mais s'évacue, pourtant.

— Reprenons, fais-je à Nibedezob, où avez-vous soupé ?

— Au Matignon-Matuvu.

— Seul ?

Il bredouille.

— Vous frisez l'indiscrétion, monsieur le commissaire !

— J'ai des bigoudis spéciaux, plaidé-je. Alors ?

— Non, j'étais accompagné.

— Une femme ?

— Puisque vous insistez, oui.

— Son nom ?

Il est dans ses petits souliers et ses cors protestent.

— Je suis un gentleman, s'indigne le roi de la poudre aux yeux.

— Ça tombe bien, approuvé-je, j'en suis un autre, nous sommes donc faits pour nous entendre… Vous disiez donc que la dame en question se nomme ?

— Solange Roland.

Je ne bronche pas.

— Que ça reste entre nous, supplie le mage.

J'évoque fugitivement les volumes de la môme.

— Avec plaisir, ne puis-je me retenir de soupirer. Après le souper ?

— Vous insistez, monsieur le commissaire.

— Avec insistance, oui.

— Nous sommes rentrés chez moi.

— Rue Chanez ?

Il bronche un peu.

— Oui.

— Et vous y avez passé la nuit entière ?

— Oui.

— Vous en êtes ressorti à quelle heure ?

— Ce matin, vers 7 heures, pour aller prendre l'avion.

Le mot avion le rappelle aux réalités. Il mate à nouveau le cadran de son oignon.

Un silence angoissant s'établit dans le burlingue, à peine troublé par les pétarades rageuses de la mobylette de Pinuche dans le couloir.

Je pense que j'ai eu raison de cuisiner mon bradeur de ronflette. Il est en train de me vendre des salades de saison par pleins camions. Ce qu'il bonnit ne raccorde pas du tout avec les dires de sa secrétaire et de son assistant.

Landowski, lui, n'a pas un instant cherché à celer la visite nocturne de Zobedenib, ni le coup du message mystérieux…

Attendez, les potes, faut que je gamberge bien à fond. J'ai le gyroscope à bain d'huile qui s'enraye un peu.

L'assistant prétend que son patron ne lit pas le françouse. Or c'est faux, puisque lorsque je lui ai produit ma carte, tout à l'heure, chez Béru, l'Egyptien en a pris connaissance et s'est mis à m'appeler commissaire.

Landowski dit aussi que c'est à Solange qu'il est allé bigophoner dans le troquet. Or Zobedenib avoue que la môme a passé la noye avec lui, chez lui !

Vous parlez d'un paquet de nœuds ! Pour en venir à bout, il faut des ongles bien pointus et de la patience.

Nouvelle irruption inopinée de Pinaud.

— Je t'assure, San-A. qu'il faut absolument que…

Alors là, plus d'hésitation, je lui crie un mot célèbre, de cinq lettres, qui peut, le cas échéant, être de quelque utilité à la dame Pinuche pour ses concours de mots croisés.

Le délicat débris se retire comme la mer à marée basse.

Et moi, San-Antonio, je reprends le fil et le film de mon raisonnement.

Trois personnages. Un artiste de music-hall, son assistant, sa secrétaire particulière.

Lorsqu'on les interroge, ils ont séparément l'air de petits saints et se justifient aisément. Seulement ce qu'ils prétendent se contredit. Qui ment ? Mentent-ils tous les trois ?

Je suis enclin à le croire.

Zobedenib ment quand il prétend n'être pas sorti de chez lui. Mais ment-il en affirmant avoir passé la nuit avec Solange ? Landowski ment quand il dit que son boss ne ligote pas le français…

Si au moins cette gonfle de Béru pouvait se réveiller. Il m'apprendrait des choses, le Gros.

— J'aimerais pouvoir m'en aller, monsieur le commissaire.

— Lisez-vous le français, monsieur Zobedenib ?

— Hélas non ! Je le comprends parfaitement, je le parle assez bien, mais je n'arrive pas à le lire. Cela provient, je pense, de ce que je parle beaucoup de langues…

J'ai un sourire de triomphe. Ah ! ma vieille

guenille bleue, je m'en vais te coincer ! Tu vas apprendre pour quelle maison je voyage…

— Cependant, monsieur Zobedenib, vous n'avez pas eu de difficulté à lire ma carte professionnelle, tout à l'heure.

Je m'attends à le voir pâlir, mais bien au contraire, Môssieur se répand dans un rire à la vaseline.

— Je lis l'anglais qui est presque ma langue maternelle. Or, le mot Police est le même en anglais qu'en français, et le mot commissaire s'écrit *commissary* dans la langue du Vieux William…

Dix sur dix, et remettez une portion de truffes pour le San-Antonio amoindri. Vous voyez ; ce qu'il y a de marrant avec les protagonistes de cette affaire mystérieuse, c'est qu'ils retombent toujours sur leurs pinceaux avec une aisance de matous de gouttière.

A la fin, ça vire au cauchemar. Ils ont une façon de vous endormir à la ville qui n'a rien de commun avec celle qu'ils emploient à la scène.

Ici, un point pour Landowski : Zobedenib ne lit pas le français. Bon, mais si Lando est franco, l'Egyptien me berlure encore sur la question de sa nuictée avec Solange. La gosse rousse n'était pas avec lui rue Chanez. Sinon il n'aurait pas eu besoin d'aller faire lire son message par le Polak, exact ? C.Q.F.D., comme dit un M.R.P. qui travaille à la R.A.T.P. et qui joue au P.M.U. avec un U.N.R.

— Mlle Solange Roland est AUSSI votre secrétaire, n'est-ce pas ? Du moins, elle le prétend.

— Vous la connaissez ? s'égosille Zbdnb[1].

— Comment aurais-je su que vous alliez à London par le zinzin de 8 heures ?

Un heurt à la porte.

— Entrez, tonné-je.

Re-re-apparition pinesque. Il a la frime pleine d'huile et son pantalon est éliminé du bas, because il le prend à chaque coup dans la chaîne de son pédalier, ce qui justifie le proverbe : où il y a de la chaîne y a pas de plaisir (Vermot *dixit*).

— Ecoute, San-A., je suis z'obligé d'aller au docteur vu une radio du pylône que je dois me faire faire parce que ma gastrite…

— Barka ! Pendant que tu y es, fais-toi radiographier la charpente, m'est avis qu'elle est bourrée de charançons !

— Oh ! bon, bon ! Après tout j'suis trop

1. Le lecteur est prié d'excuser cette panne de voyelles, indépendante de notre volonté.

bon de m'en faire. Bon et bête commencent par la même lettre.

Je raille, comme les zigs de la Senecefe[1].

— Tout ce qui te concerne commence par la même lettre, Pinuche, seulement ta grosse erreur, c'est de croire que c'est par un B, comme quoi t'es toujours en retard d'une rame !

Un claquement de porte véhément me donne la mesure de sa hargne.

— Miss Roland, poursuis-je, prétend n'avoir pas passé la nuit chez vous, mais y être arrivée de fort bonne heure.

Il hausse les épaules.

— Il est délicat pour une jeune fille d'avouer qu'elle est la maîtresse de son patron.

— Donc, elle a dormi rue Chanez ?

— Oui.

— Dans le courant de la nuit, vous n'avez pas été dérangé ?

C'est ici que les Zathéniens s'atteignirent. Il se trouble comme un verre de pernod exposé à la pluie.

— Effectivement.

— Racontez-moi ça…

1. La société I.B.M. m'ayant, par erreur, livré un excédent de « e » muets, je me vois dans l'obligation de les intégrer dans ma prose au mieux des possibilités.

— Un message, en pleine nuit. Et personne à la porte.

— Qu'avez-vous pensé ?

— Je ne sais pas. Cela m'a inquiété car je ne pouvais lire ce qu'il y avait dessus.

— Qu'avez-vous fait ?

— Je suis allé trouver mon assistant qui loge non loin de mon studio.

— Pourquoi n'avez-vous pas fait lire ce message par Solange Roland ? C'eût été tellement plus simple.

Il se masse la joue.

— Elle dormait. De plus, j'ai pensé que cette lettre concernait notre liaison et je n'ai pas voulu l'effrayer.

Et voilà, mes gars ! Voilà comment ces bons messieurs se rejoignent. Encore une fois tout s'explique. Quel est donc ce célèbre auteur qui prétendait que le mystère n'existait pas ? Il me semble que c'est San-Antonio, mais je n'en suis pas sûr…

Dernier mensonge en suspens : celui de Landowski qui affirme avoir téléphoné à Solange pour prendre rendez-vous. Si la môme se trouvait vraiment chez Zobedenib, elle ne pouvait répondre à son bigophone personnel.

— Parfait, monsieur Zobedenib, dis-je, ce

sera tout pour aujourd'hui. Je vais vous faire reconduire à Orly et je vous souhaite un very good voyage (au citron).

Sa frime s'illumine.

— J'espère que vous aurez vite la solution de cette énigme, récite l'anesthésique ambulant, et que le sujet en état d'hypnose recouvrera…

Je n'écoute pas ses souhaits de fin d'année. Je tube au service du roulement pour réclamer une voiture à l'usage du sieur Zobedenib.

Et on se largue sur une poignée de cartilages en se disant « à bientôt ».

CHAPITRE VIII

Dans lequel je continue :
— selon moi —
à mystifier Sherlock Holmes.

Un que je n'ai pas encore vu et que je veux voir, c'est le pipelet de l'Alcazar. Je n'ai eu que son timbre au téléphone et j'estime que c'est nettement insuffisant ; aussi me propulsé-je dans sa grotte dès que Zobedenib a tourné les galoches.

Je trouve un brave miroton qui fut plombier-zingueur et qui s'est lancé dans la conciergerie, comme Marie-Antoinette, à la suite d'un accident au cours duquel il perdit trois doigts et demi à la main droite, et un et demi à la main gauche, ce qui représente une main, somme toute, repartie sur les deux. Avouez que je suis doué pour les maths.

Il est veuf, grand, sexagénaire, tuberculeux et chauve. Lorsque je me présente dans son gourbi, le cerbère est occupé à se confectionner deux œufs sur le plat, ce qui est à mon avis la meilleure façon d'utiliser deux œufs, quand on possède de surcroît : le chauffage au gaz, une poêle et un paquet d'Astra anti-complexes.

— Voulez que je vous dise, moi ? fait-il après que nous avons lié connaissance. Voulez que je vous dise ?

Je veux bien. Il y va :

— Ce mic-mac est pas clair.

Ayant dit, il soustrait les fesses de sa poêle à la langue bleue du gaz, éteint celui-ci et s'installe à une petite table recouverte d'une toile cirée pas cirée afin de consommer séance tenante et devant moi ses deux poulets inaboutis.

— Qu'entendez-vous par « pas clair » ? hasardé-je.

— Je veux dire pas clair, un point c'est tout.

Il se verse un gorgeon de rouquin en regardant grésiller les œufs dans la poêle.

— Voyons, fais-je, qu'avez-vous fait après la représentation d'hier ?

— Je suis été aux coulisses pour surveiller le monde qui se repoile et y refiler des bons de séance…

— Qu'appelez-vous des bons de séance ?

— Ben, les gonzes qui vont faire les guignols sur la scène, y voient pas le spectac' puisqu'on les endort et qu'au fond le spectac' c'est z'eux. Alors comme y z'ont payé leur place et que la direction, pas folle, veut pas leur rembourser, on leur donne une entrée gratuite pour un autre jour. C'est astucieux. Y reviennent avec leurs copains…

— Vous avez vu la personne endormie que gardaient les gardiens de la paix ?

— Le gros lard ?

— Oui.

— Il était monté sur scène…

— Oui.

— Je sais, je l'ai vu quand il est sorti z'avec les autres.

— Lui avez-vous remis une contremarque à lui aussi ?

— Non.

— Vous êtes certain ?

— Certain. J'ai fait ma distribution, mais quand j'ai eu fini je l'ai plus vu…

— Ça ne vous a pas surpris ?

— Pff ! non. Y en a toujours qui se barrent sans attendre.

Il attaque ses zeux parce que, œufs non plus n'attendent pas.

— Après ?

— Quoi, après ?

— Après la distribution de tickets, que s'est-il produit ?

— Ben, j'ai balayé le vestiaire. Ces c...-là, ils se croyent autorisés à balancer leurs mégots n'importe où !

— Quand vous avez fini ce délicat travail, restait-il encore quelqu'un dans le théâtre ?

— Oui, M. Nibedezob.

Le concierge se paie un jaune d'œuf complet, le mange délicatement en négligeant de torcher le second jaune, lequel a fait un brin de conduite au précédent et qui ne l'a quitté que pour se réfugier dans la braguette du concierge qui me paraît être un lieu de grand repos.

— Vous l'avez vu s'en aller ?

— Bien sûr. Il part toujours le dernier à cause qu'il est méticuleux et que ça lui prend du temps à se défroquer.

— Il était seul ?

— Tout seul.

— Son assistant ?

— Oh, lui, il chôme pas. Il attend même pas que le rideau soye baissé. Tout de suite dehors !

— Les machinos ?

— Y en a pas. C'est l'électro qui fait le

rideau. Quand on a un zig qui assure tout seul le spectac' on marche en équipe réduite…

— Et il est parti avant le Petit Marcel, cet électricien ?

— Bien avant.

— Personne n'est entré dans la loge de Petit Marcel pendant qu'il se déshabillait ?

— Non. Les gens qui veulent des orthographes ou des renseignements l'attendent au salon qu'est fait pour, près de ma loge. C'est écrit à l'entrée.

— Quand Zobedenib est parti, vous vous trouviez avec lui ?

— Non. Je restais pour éteindre.

— Et la clé de sa loge ?

— Il l'a posée là, sur la tablette. Et moi, quand je suis t'été de retour, je l'ai accrochée là.

— Après, qu'avez-vous fait ?

— J'ai bouclé la cabane et j'ai monté me coucher. J'ai une grande chambre au sixième dans l'immeuble à côté.

— Vous voulez me donner la lumière partout, je vais faire un tour en coulisse.

— Comme vous voudrez, consent-il en récupérant son deuxième œuf sur sa position stratégique.

Il se lève et me précède au fond du couloir

où se trouve le tableau des interrupteurs. Il m'offre la sauce des galas.

— Faut que je vous accompagne ?

— Inutile, pour ce genre d'investigation je préfère être seul.

— Eh ben, investiguez bien, moi je vais finir de casser la graine.

*
* *

Est-il besoin, bande de ce-que-vous-êtes, de vous décrire mes errements dans le théâtre de M. Poulatrix, le champion olympien du lancement du disque (spécialisé dans le trente-trois tours) ?

Faut-il vous parler de toutes les lourdes des loges que j'ouvre et referme ? Du torticolis que je morfle à force de marcher tête basse ? Dois-je vous rendre compte de mes virouses à quatre pattes dans la poussière des coulisses et des dégagements ? Est-il nécessaire de raconter mes ascensions sur les portants, mes inspections dans les bureaux du régisseur et du big boss, mon intrusion dans la cabine de l'électro ? Non, n'est-ce pas ? Je vous ferais bâiller et ce serait déroger à vos habitudes puisque vous n'ouvrez en général la bouche que pour dire des couenneries.

Rien de plus fastidieux que cette minutieuse inspection destinée à me faire trouver quelque chose sur la nature de quoi je n'ai aucune idée. Encore un des alinéas de notre turbin, comme dit Béru quand il ne s'est pas nourri de soporifique. La plupart du temps nous ne savons pas ce que nous cherchons, mais nous le cherchons. Et – ô ironie ! – il nous arrive de le trouver.

A bout d'une heure je renonce. Tout est O.K., rien ne traîne. Pas d'indices ! Je suis vanné. Mes cannes jouent au vibro-masseur et dans mon intérieur ça s'éboule comme une carrière de sable. Je sens que si je ne prends pas un peu de repos je vais tomber en quenouille. Le gars San-A. décide en conséquence de s'accorder un petit entracte.

Je rejoins donc la loge du gardien.

Lui aussi il a dû mal pioncer cette notche. Il digère ses œufs, vautré dans un fauteuil d'osier, les mains sur le ventre, les yeux clos.

J'ai du regret à le réveiller. Mais je me dis que je dois l'aviser de mon départ, sinon, en s'éveillant, il sera chiche de fréter une caravane de secours pour partir à ma recherche.

J'entre dans sa loge et je module un sifflement vipérin. Ça ne le fait pas réagir, l'accrocheur de clés.

— Eh, patron ! glapis-je, vous pouvez éteindre l'auberge, je m'en vais.

Toujours pas de réponse. Je m'approche de lui afin de le secouer, vu qu'il a un sommeil d'une profondeur insondable. Et je comprends pourquoi il ne réagissait pas.

Le frère n'est pas près de se réveiller. Un gars astucieux lui a enfoncé dans le cœur une tige d'acier terminée par une boucle, dans le genre de celles qu'utilisent les géomètres pour métrer un terrain.

Boulot parfaitement propre. Pas une goutte de sang sur les fringues du pipelet. Le monsieur qui a accompli cette opération s'y connaît en anatomie.

Je palpe mon brave homme. Il est chaud. Chaud, mais mort. Son pouls annonce clôture définitive.

Un qui commence à se dire qu'il vit une drôle d'histoire, c'est bien le commissaire San-Antonio, les gars ! Elle a été bien inspirée, la Wenda de mon cœur, de me traîner au music-hall hier ! Il n'y a qu'à moi que ça arrive, des trucs commak, vous ne l'ignorez pas ! Heureusement d'ailleurs, parce qu'autrement je n'aurais à vous raconter que la mort de Louis XVI et comme la plupart d'entre vous savent qu'il n'a pas péri de la rougeole, ça manquerait de suspense.

Je zieute autour of me, comme ne dirait pas un Anglais. Tout est dans l'état où je l'ai laissé une heure plus tôt.

Je ne sais plus que penser. Qui a bien pu buter ce concierge ? Quelqu'un qui savait qu'il savait, ce que ce quelqu'un ne voulait pas qu'on sache ?

A voir.

Je décarre après avoir tiré le rideau de la loge, fermé celle-ci à clé et mis la clé dans ma poche.

Mon petit doigt qui est de bon conseil, lorsqu'il ne vadrouille pas dans le corsage d'une dame, me chuchote qu'il est grand temps d'aller bavarder de ces multiples incidents avec le Vieux. Jusqu'à présent je ne savais pas si cette affaire était vraiment une affaire. Je n'avais comme point d'interrogation que ce sommeil du pote Béru. Dorénavant et à partir d'à présent, c'est du sérieux. Il existe un cadavre ; un vrai, en chair et en os.

Je retourne donc aux établissements poulardins en me demandant si je vais roupiller un jour. Dans cette affaire d'endormeur et d'endormis, il n'y a qu'un mec qui fasse tintin pour le dodo, et *naturlich* c'est votre San-A.

voluptueux, mesdames ! Je me déplace comme dans un rêve, la calebasse bourrée de coton et les flûtes en caoutchouc mousse. Je me dis que si je ne me paie pas une couple d'heures de ronfle, plus, au réveil, une douche froide, un bol de jus et une escalope soit milanaise, soit bolognaise (je ne suis pas sectaire), il va y avoir du flic étendu dans le ruisseau.

Retour to the Bourriqu's house. Je demande au standardiste de m'annoncer chez le Vioque. Le préposé prend sa mine la plus grave, celle qu'il réserve pour les enterrements en musique, les mobilisations générales et les tirages de la tranche spéciale de Pâques, pour m'annoncer que Son Excellence le Tondu est en conférence avec le ministre de l'Intérieur et avec le chef des cabinets de la gare de Lyon. Ordre de ne pas le déranger.

Je ne suis qu'à demi emmouscaillé. Ce temps mort va me permettre de récupérer.

— Je vais piquer un roupillon dans mon bureau, annoncé-je, car cela fait plus de trente heures que je suis sur mes cannes. Défense de me déranger. Si Pinaud revient s'entraîner pour le Bol d'Or avec son quarante-neuf centimètres cubes, envoie-le chez Plumeau.

Le standardiste se gondole.

— Il n'est pas fait pour la motorisation, dit-il. Déjà une fois il s'était acheté un scooter. Il n'a jamais pu s'en servir et c'est sa bonne femme qui l'utilise pour faire le marché.

Je hausse les épaules. Pinaud, lui, il n'est pas bonnard pour le deux-roues. Ni même pour le quatre roues. A la rigueur la roue toute seule, je dis pas, à condition que ce soit celle d'une brouette…

Je m'approche de l'escadrin d'un pas traînant.

— Dites, m'sieur le commissaire, à propos de Pinuche, vous l'avez vu ?

— Oui, tout à l'heure…

— Ah bon, alors il vous a dit…

Je m'arrête. Je songe aux multiples interventions du débris lors de mon entretien avec Zobedenib. Brusquement je pige, connaissant mon Pinaud des Charentes, qu'il avait effectivement quelque chose à me dire. Quelque chose n'ayant aucun rapport avec son diable de vélocipède motorisé.

— Il ne m'a rien dit, parce que j'étais occupé et que je l'expédiais aux fraises avec une échelle !

Je me rapproche du manipulateur de fiches.

— Qu'avait-il de si important à m'apprendre ?

— Je ne sais pas exactement, fait le gnard,

c'est au sujet d'un hypnotiseur, depuis hier il vous cherchait ; en désespoir de cause, ne vous trouvant pas, il a téléphoné à Bérurier.

Je bondis.

Enfer et damnation ! Et moi qui…

— Où est Pinaud ? croassé-je, car je parle couramment le corbeau dans mes périodes d'exaltation.

— Chez le toubib, rapport à sa gastrite, il est allé se faire des photos d'intérieur, rigole le standardiste.

— Chez quel toubib ?

— Juste en face, au 14, le docteur Fugelune…

Il n'a pas fini d'annoncer la couleur que San-Antonio, récupérant toute son énergie, est déjà lors de la Cabane Coup-de-Bambou. Il bombe sur le trottoir encombré.

Le 14 ! Un porche, une plaque : docteur Fugelune, chef de clinique à l'hôpital Vermi, au premier ; le tapis rouge de l'escalier…

Je grimpe. Sonnette ! Une ouvreuse de porte fait son métier. Elle a une blouse blanche, des cheveux blancs, le teint blême. Si les murs n'étaient pas peints en ocre, on ne la verrait pas.

Je lui dis qui je suis et qui je cherche. Elle

me répond que M. Pinaud est dans la salle de radio. J'insiste pour lui parler d'urgence.

Elle finit par prévenir son patron. Ça gueule dans la chambre noire ; mais Pinaud explique à son photographe qui je suis et on m'introduit.

Une lumière rouge, très basse, crée une atmosphère angoissante. Le docteur est un solide gaillard de quarante carats qui porte un tablier de cuir, because les radiations.

Derrière un cadre de verre, l'inspecteur principal Pinuchet. Sa bouille attristée, aux moustaches ratées, passe par-dessus le cadre. Au-dessous, il y a le squelette de Pinaud ; et je dois dire au passage que je n'ai jamais vu de squelette plus squelettique que le sien. J'adresse un regard affligé à ses organes qui sont soumis pour la première fois à mon admiration.

Au bas du cadre, je retrouve les cuisses de cigogne du noble fonctionnaire. Il a des flûtes maigrelettes avec genoux Louis XV, des chevilles variqueuses, lui qui n'a pourtant rien d'un prévaricateur. Ses pieds sont plats, osseux, hérissés de cors et seule la pénombre qui règne céans empêche d'admirer les marbrures de crasse qui les agrémentent.

Je regarde frémir ses poumons. Marrant comme effet.

— Il paraît que tu avais quelque chose à me dire au sujet d'un hypnotiseur ?

— Parfaitement. Seulement tu n'as pas voulu m'en laisser placer une…

— Vous avez une seconde ? fulmine le toubib. J'aimerais bien faire mon travail, j'ai d'autres clients qui attendent. Ce n'est pas un commissariat de police ici !

Le Pinaud a avalé de la bouillie et son estom' se dessine admirablement sur l'écran de verre.

— Vous croyez que c'est grave ? s'inquiète-t-il.

— La radio nous renseignera.

Moi je m'impatiente.

— Parle vite, Pinuche, ça pourrait être très important : une question de vie ou de mort…

Le médecin me hurle de me taire. Il fait clic ! puis clac !

Il dit à Pinuche de se baisser, ensuite de se remonter ; enfin de se mettre de profil. Et c'est fini. Lumière ! Pinaud cesse son strip-tease. Il revêt sa maigre viande sur son squelette en baleines de pébroque.

Ses fesses en gouttes d'huile disparaissent dans un caleçon à rayures mauves. Chose curieuse, c'est à partir du moment où il a passé ce calbar qu'il a l'air d'un sans-culotte.

— Accouche, Pinaud occulte !

— Eh bien voilà, dit-il. T'as entendu parler de la maison Bourgeois-Gentilhomme.

— Les nouilles ?

— Oui, leur publicité c'est « Aux œufs et en bâton, qui suis-je ? La nouille Bourgeois-Gentilhomme ! »

— Je connais. Alors ?

— Le fondateur de la nouille en question, M. Bourgeois-Gentilhomme, a maintenant quatre-vingts ans.

— Enchanté. Ré-alors ?

— Ça ne vous ennuierait pas d'aller discuter de vos petites nouilleries ailleurs ? rouscaille le doc, j'ai besoin du terrain !

Pinaud pénètre dans son pantalon, puis, le reste de ses fringues sur le bras, me suit dans le couloir.

La dame en blanc-sur-fond-ocre est très surprise par cette intrusion dans son domaine. La cage thoracique concave de Pinaud, ses pieds endeuillés et ses épaules en fil de fer galvanisé la galvanisent : son numéro de téléphone c'est d'ailleurs Galvani 69 deux fois. Elle fait entrer Pinuchet dans la cuisine afin qu'il puisse se loquer à loisir.

— Revenons-en à l'ancêtre de la nouille en

bâton. Tu disais qu'il avait quatre-vingts piges. Ensuite ?

— Sa femme est morte voici quelques années et depuis, le vieux s'adonne au spiritisme. Tout ce qui est magie le passionne…

Pinuche enfile sa chemise et, distrait, la met à l'envers.

— Mais parle donc, tirelire !

— Attends, je t'expose succinctement… Il avait un fils qu'est mort en 40 à la tête de son régiment. Ce fils n'avait qu'une fille qui a épousé un Américain qui fait des conserves à Chicago…

Il se tait, fait un effort bizarre, la main ramant derrière son dos.

— Fais-moi donc passer mes bretelles, dit le détritus.

Je l'aide à se fringuer et il consent à poursuivre :

— C'est l'Amerlock et sa femme qui font marcher les nouilles, tandis que grand-papa, lui, fait tourner les tables.

Et de rire. Un rien l'amuse, Pinaud. Le cœur pur, quoi ! Faut avoir l'âme nettoyée par Persil pour pouvoir être heureux à si bon compte (comme dirait Monte-Cristo).

— Trêve d'esprit, alors ?

— Ces temps-ci, le vieux qui se prénomme

Céleste, je te le dis en passant, s'était entiché d'un type qui s'appelle le Petit Marcel.

J'en ai le gésier qui se prend les pieds dans la rate et tous les deux se seraient affalés dans l'intestin grêle si mon pancréas ne les avait pas retenus.

— Vite, vite, Pinaud, poursuis !

— L'entourage du vieux a trouvé que celui-ci avait terriblement changé ces derniers jours. Il paraissait ne plus avoir sa tête à lui. Il parlait sans arrêt du Petit Antoine…

— Marcel !

— Je m'appelle pas Marcel, s'étonne Pinaud.

— Le Petit Marcel, pas le Petit Antoine…

— Excuse. Et puis figure-toi qu'hier matin il a disparu. Quand son valet de chambre lui a apporté le déjeuner, il a trouvé le lit pas défait. Céleste avait fait la malle pendant la nuit. La porte de l'hôtel particulier n'était pas fermée. Et il s'était barré avec tous les diams de la famille qui se trouvaient dans le coffre-fort du bureau. Sa petite-fille, qui séjourne en France actuellement pour l'usine, estime qu'il en a emporté pour au moins cent briques, en anciens francs, d'accord, mais c'est tout de même une perte !

Maintenant mon vieil esclave a fini de se loquer et je l'entraîne vers la Grande Crèche.

— Comment as-tu été mis au courant de cela ?

— Par le Vieux. La petite-fille à Céleste, celle qui a épousé l'Américain, Mistress Blankett (de Vaux) est une amie de la fille du Vieux. Tu sais comme sont ces grandes familles. Ils ont les chocottes du scandale dans la Haute. Elle veut pas qu'on ébruite. Le Vieux te chargeait de l'enquête discrète. Mais pas moyen de te mettre la main dessus. On t'a cavalé après toute la journée d'hier…

Je m'enverrais des coups de targette dans le tiroir du bas.

Dire que je n'ai pas appelé à la maison ! Ce que c'est que le hasard, hein ? Si, hier soir, quand je rentrais chez Bibi, je n'avais pas été hélé par Berthe Béru et par son Jules, Félicie m'aurait fait part de ces appels et les choses se seraient déroulées autrement.

— Alors, continue Pinaud, j'ai téléphoné chez Béru pour gagner du temps. Je lui ai dit d'aller enquêter discrètement sur le citoyen Petit Charles en prétextant que c'était un ordre de toi !

Voilà au moins un point d'éclairci : le départ précipité de Béru.

— Et puis ?

— Et puis c'est tout, affirme Pinaud, je m'en serais bien occupé moi-même, mais j'avais ma gastrite qui me travaillait. J'ai fait passer une circulaire pour donner le signalement du vieux marchand de nouilles, des fois qu'on le repérerait, mais comme la discrétion absolue est de rigueur, on peut pas employer les grands moyens, tu comprends ? Ça freine. Quand on enquête dans les sphères élevées, c'est toujours le chiendent.

» Ce matin, j'attendais des nouvelles du Béru, rapport à Petit Louis, mais Béru n'est pas encore venu. J'espère qu'il ne s'endort pas sur le morceau !

» Eh ben, où tu vas ? s'égosille Pinaud en me voyant détaler.

CHAPITRE IX

Dans lequel j'abandonne la méthode Holmes qui décidément se révèle négative pour la méthode San-Antonio.

— Vous l'avez trouvé ? me demande le standardiste.

— Oui. En priorité demandez-moi l'aéroport de Londres.

Je bigle ma montre.

— Fissa ! C'est une question de minutes !

L'avion emprunté par Zobedenib décollait à 11 heures moins 19. Il est dans le ciel en ce moment et va se poser, si j'en crois mon estimation, dans quatre ou cinq minutes sur la piste anglaise.

Pas une seconde à perdre.

Je fonce dans le bureau de mon collègue Stephanovitch qui parle couramment l'anglais.

— On va me passer l'aéroport de Londres, lui dis-je. Tu vas prendre la communication et demander le bureau de police. Tu leur diras qu'un certain Edwin Zobedenib, artiste de music-hall, va descendre du prochain Paris. Qu'ils le fassent filer discrètement. Dis que c'est très important. Qu'on ne lâche pas ce pèlerin d'une semelle...

Je n'ai pas plus tôt parlé que le bigophone carillonne. Stephanovitch se met à jacter ferme. Il tartine avec véhémence et autorité. Çà et là des bouts de phrase, mais mon english n'est pas de first quality et je perds les pédales. A la fin il raccroche.

— Que t'ont-ils dit ?

— Le zoizeau était en train de demander la piste, tu retardes. Ils s'occupent illico de ton client et toutes les deux heures nous adresserons le point de ses activités anglaises.

— Bravo !

Je me laisse choir dans le fauteuil.

— Vois-tu, Stephano, dis-je, les Anglais ont brûlé Jeanne d'Arc et ils ne savent pas cuisiner, ce qui va de pair, mais question police, ils sont là !

J'ai un petit coup de flou.

— On dirait que tu as sommeil, sourit mon collègue.

— Tu veux dire que je m'écroule...

Il quitte son bureau et me place une chaise devant les jambes.

— Allonge-toi, je partais justement. Je tire les rideaux et je demande qu'on te fiche la paix, vu ?

— Jusqu'à 2 heures moins le quart, supplié-je.

Car à 2 plombes, y a réunion chez Béru avec le professeur Tessingler pour essayer de déshiberner le Gros.

Stephano fait ce qu'il dit. Son burlingue est tout au fond de la bâtisse, loin du bruit de la rue et du remue-ménage de la cour.

Il n'a pas plutôt refermé sa porte que je sombre dans un sommeil profond.

L'enquête est placée sous le signe du sommeil, hein, les gars ?

Dans sa piaule, Bérurier roupille. Dans sa loge, le pipelet de l'Alcazar en fait autant ; seulement, lui, c'est de son tout dernier sommeil.

Garce de vie ! Je flotte un instant dans des pensées métaphysiques ; puis tout devient noir, tout disparaît.

Il ne reste plus dans ce bureau silencieux qu'un merveilleux spécimen de la race humaine. Un spécimen de propagande ! Un spécimen endormi.

*
* *

Drrrrring !

Le biniou. Pendant un milliardième de seconde au moins, je rêve que je suis chez moi et que c'est mon réveille-matin qui carillonne. Mais je reprends conscience et la réalité entre en moi.

Il s'agit du téléphone de Stephano.

Je tends une main flottante et je parviens à décrocher après plusieurs tentatives infructueuses.

Le standardiste, gouailleur, me balance, d'une voix on ne peut plus éveillée, le veinard :

— Alors, bien dormi, m'sieur le commissaire ?

M'sieur le commissaire a l'impression d'avoir des bandes de scotch collées sur les vitres. Et, à propos de scotch, il se dit, m'sieur le commissaire, qu'il s'en taperait bien un.

Comme dans une pièce aux entrées minutieusement réglées par Raymond Rouleau, la porte s'ouvre. Et Aldebert, le barman du troquet d'en bas, se présente dans mon espace vital avec un plateau supportant un bol de caoua et un whisky chargé comme une péniche remontant sur Paris.

— De la part du commissaire Stephanovitch, annonce-t-il. Il m'a dit de vous grimper ça à 2 heures moins le quart pile !

Brave Stephano ! Ça c'est du collègue. Il a des manières, des usages et de l'élégance.

Ma joie est telle que je balance un bif de cinq piastres au loufiat. Le barman se confond, confus, et s'esbigne.

Vite fait j'avale le bol de caoua, puis le whisky et j'ai illico la satisfaction de constater que je suis dans une forme du tonnerre. Popeye après s'être cogné sa boîte d'épinards, quoi !

Je vais dans mon bureau, où se trouve un rasoir électrique. Je me fais beau. Un peu d'eau fraîche sur mon frais minois. Une chiquenaude à mon nœud de cravate et vous avez du mec, mesdames. Du beau mec prêt à tout ce que vous voudrez, et même à ce que vous ne voudrez pas.

Je me casse afin de rejoindre le célèbre professeur Tessingler chez la Bête au bois dormant, en l'occurrence Béru.

En passant devant le poste du standard, le préposé me hèle.

— Un message de Londres, m'sieur le commissaire !

Il me tend une fiche. Je ligote :

— Edwin Zobedenib bien réceptionné. Est descendu à l'hôtel Mayfair où il se trouve présentement.

— C'est arrivé voici une demi-heure, m'annonce le standardiste.

— O.K. ! Continuez d'enregistrer les autres messages.

Décidément, les collègues anglais sont à la hauteur. Pendant que leurs potes français piquent des sommes (pour Béru il s'agit de somme astronomique), eux grattent ferme.

Je m'installe au volant de ma chignole et je me conduis jusqu'au Béru's Office afin de m'épargner des frais de taxi superflus.

*
* *

La gravosse du Gros n'a toujours pas rejoint sa base. Cette bonne baleine joue les représailles. Elle boude, la chère petite madame, sans se douter que son pauvre bonhomme est dans une sorte de demi-coma.

Par contre, le professeur Tessingler, lui, est arrivé. Au moment où je pousse la porte de la chambre, il est à genoux sur le lit, au bord du

Gros, comme un terre-neuvas qui s'apprête à dépecer un cétacé.

Je me tais, attendant son diagnostic...

Tessingler est un homme athlétique, grand comme ça, et même un peu plus. Avec des biscotos de catcheur et pas de cou. Sa tronche carrée est directement posée sur ses épaules, comme une cruche – pas tellement décorative – sur un bahut.

Il soulève les paupières de Béru, lui tire les poils du naze, lui tâte le pouls, prend sa tension artérielle, lui souffle dans la bouche, lui chatouille la plante des pieds (ce toubib est un intrépide, un martyr de la science) et enfin lui enfonce une longue et fine aiguille dans le bras.

Ça dure une bonne demi-heure. Après quoi il se retourne.

— Vous êtes de la famille ? me demande-t-il.

— Comme qui dirait, évasivé-je. C'est grave, docteur ?

— Pour l'instant, non. Il est en pleine hypnose cataleptique. A propos de Leipzig, vous avez vu les derniers championnats du monde sur route ? Ce Van Loy, tout de même !

« Bref, que disais-je ? Ah ! oui... En pleine hypnose. A ma connaissance, peu d'hommes au monde sont capables de plonger un sujet dans cet état. Méthode hindoue, mon cher… Ces gens-là n'ont rien à manger mais ils ont plus d'un tour dans leur sac…

— Bref, coupé-je, fort justement impatienté, que pouvez-vous faire pour lui ?

— A vrai dire, pas grand-chose. Il faut attendre qu'il se réveille. Je préconise de la musique. Mozart, tenez ! *La Flûte enchantée ! A* propos d'enchanté, je suis enchanté de vous connaître, monsieur. Que disais-je ? Ah ! Oui… La musique s'insinue dans l'introspectif concentrationnaire du patient et prépare son retour au normal, comprenez-vous ?

Je ne peux pas m'empêcher de rigoler. Faut vraiment qu'il soit out, le Mahousse, pour lui faire gober du Mozart.

Lui, excepté les chansons de Pierre Dupont et, à l'extrême rigueur, quelques scies circulaires de Vincent Scotto, il n'a pas les tympans adéquats pour ça.

— Vous pensez que cet éveil peut tarder ?

— C'est variable.

— De combien à combien ?

— Il peut revenir à lui d'une minute à l'autre comme dans un an ou dans un mois. A propos, avez-vous lu le dernier Sagan ?

Scolaire, hein ? Que disais-je ? Ah oui... Ça fait dix mille francs !

En soupirant, je lui vote une effigie de Bonaparte sur fond d'Arc de Triomphe. Je ne suis pas plus avancé.

— Cet état peut-il être dangereux pour le sujet ?

Tessingler examine le sujet en question.

— La constitution est forte, affirme-t-il, dans le style je-vous-ai-compris. L'organisme a de la ressource... Le système cardio-vasculaire est conforme... Cette cure de sommeil ne peut qu'être profitable à cet homme. Elle régénère ses organes en leur assurant une relaxation totale. A propos de Total, quelle essence utilisez-vous ? Moi, je prends Azur. C'est du parti pris, mon cher, je roule français. Oui, du parti pris. A propos de prix, vous m'avez réglé ?

Je sens que d'ici pas longtemps, je vais le choper par son fond de culotte et le virer par la fenêtre sans l'ouvrir.

Il plonge la main dans sa poche, en retire mon bif et s'excuse.

— Où avais-je la tête !

— C'est exactement la question que je me pose, fais-je.

Il sourit.

— Je suis tellement bousculé, mon cher…

— Si vous ne vous barrez pas, docteur, gronde l'aimable San-Antonio, vos bousculades précédentes ne seront rien en comparaison de celle qui se produira.

— Qu'entendez-vous par là ? ronchonne Tessingler.

— A propos de par là, c'est par là la sortie ! aboyé-je.

L'agent de garde se paie une bath séance.

Il assisterait au récital de Fernand Raynaud, ou même à une séance de l'Assemblée, qu'il ne rirait pas davantage.

L'éminent professeur évacue la demeure bérurienne.

— Vous croyez qu'on lui joue du Mozart, à vot' collègue ? s'inquiète l'agent.

— Pourquoi pas lui faire venir la Philharmonique de Berlin ?

Je prends Béru par un bras et je me mets à le secouer.

— Eh ! Gros ! mugis-je. Réveille-toi, on est arrivé !

Mais il reste sans réaction.

Coup de sonnette à la lourde.

— Allez ouvrir ! enjoins-je à l'agent. Et si c'est ce médecin de malheur, n'hésitez pas : flanquez-lui un seau d'eau.

— Faites confiance !

J'essaie de ranimer le Gros. Je lui soulève un peu la tête, mais il est lourdingue comme une vache morte.

Retour de l'agent, escortant le médiéval Pinaud.

— A la Boîte, on m'a dit que t'étais ici, explique-t-il.

— C'est gentil d'être venu, fais-je. Si tu pouvais m'aider à réveiller le Gros…

— Fais-lui respirer du marc, conseille le Chétif.

L'idée est valable, surtout lorsqu'elle concerne une personnalité comme Béru. On fouille le buffet Henri II de la salle à manger Lévitan Ier et on découvre une bouteille de calvados. Son goulot béant est placé sous les narines pleines de foin du dormeur. Pas un frémissement.

Finaud se gratte l'entrejambe avec circonspection. Puis il allume un de ses affreux mégots jaunes qui ressemblent à des cafards crevés. La pointe de sa moustache s'enflamme. Il a l'habitude. Sans s'affoler, il conjure le sinistre.

— Ben, mon yeux, c'est grave ! fait-il en désignant notre valeureux équipier. Je sais bien qu'il aimait pioncer, mais quand même !

— J'ai envie de le faire conduire dans une clinique, réfléchis-je.

— Pourquoi ? fait observer Pinaud. Il est bien ici. En clinique, le lit sera pas meilleur et il lui coûtera trois ou quatre mille balles par jour !

Il a raison.

Nous repartons après avoir dit à l'agent de se faire remplacer au chevet du Mastar par une garde spécialisée.

Dans l'escalier, c'est toujours l'effervescence. La concierge, le bistroquet, le sourdingue du dessus, tout le monde est sur le qui-vive.

— Quoi de nouveau ? me demandent-ils.

— On dirait la foule fiévreuse qui assiège Buckingham Palace lorsque la reine d'Angleterre est en train d'assurer sa descendance, fais-je remarquer à Pinuchet.

Il adopte sans s'en douter le tic du professeur Tessingler.

— A propos de reine d'Angleterre, j'ai du nouveau au sujet de Bourgeois-Gentilhomme.

— Que ne le disais-tu plus tôt !

— Il est parti pour London, assure Pinaud.

Gravement, il sort son mégot de ses lèvres, le roule dans un O.C.B. neuf et le rallume, pensant candidement qu'il va renaître de ses cendres.

Je suis complètement médusé, moi, San-Antonio.

— Comment le sais-tu ? murmuré-je.

— Après t'avoir quitté tout à l'heure, dit-il, ou plutôt après que tu m'eusses quitté de cette façon cavalière, je suis été chez le marchand de nouilles. Un des larbins venait de s'apercevoir qu'il était parti avec son passeport. Je me suis donc payé la tournée des gares. La chance fut avec moi dès le début, puisque, commençant par Saint-Lazare, aux grandes lignes, je tombis sur un employé…

— Tu fis quoi ?

— Je tombis…

Il hésite et reprend :

— Pardon : je tombus sur un employé qui se souvint avoir délivré un billet pour London, hier, à un vieillard dont le signalement ressemble tout à fait à celui de Céleste Bourgeois-Gentilhomme…

— En Angleterre, rêvassé-je.

— Ça te contrarie ? se tourmente le déchet humain.

— Oh non, fais-je. Au contraire, Pinuche, ça me va.

Pinaud retire son mégot de mégot, l'éteint sur sa semelle et murmure :

— J'aimerais te demander quelque chose, San-A.

— Vas-y.

— Il me serait agréable que tu m'appelasses par mon nom. Lequel est Pinaud, P.I.N.A.U.D., je me permets de te le rappeler. Hiérarchiquement, je suis ton inférieur, soit. Mais j'ai le bénéfice de l'âge…

J'acquiesce.

— Il en sera fait selon vos désirs, monsieur l'inspecteur principal Pinaud. Par contre, à partir de dorénavant, je vous interdis de me tutoyer…

Il en est meurtri, le cher abîme d'imbécillité.

— T'es c…, soupire-t-il ; si y a plus moyen de plaisanter !

CHAPITRE X

Dans lequel je suis
de plus en plus partisan
de la méthode San-Antonio.

Debout devant le rade d'un troquet, face à un verre de scotch dans lequel fond mollement un cube de glace, je fais ce que les boxeurs appellent « le poing de la situation ».

Cette fois, pas d'erreur, le Petit Marcel est dans le bain jusqu'aux sourcils.

Ce type est un malin. Il m'a bien eu en présence de Béru, en jouant les impuissants. Au contraire, il est doué d'un pouvoir hypnotique beaucoup plus considérable qu'on ne pourrait le penser. Je suis prêt à vous parier un cas de conscience contre un cassis à l'eau qu'il a envoûté grand-papa la nouille et qu'il lui a soufflé de ramasser ses diams et de venir les lui remettre à Londres. L'autre, vu son grand âge et sa débilité mentale, a obéi. Et, en ce moment même, une louche transaction s'opère sans doute à Londres. Voilà pourquoi le mage tenait tant à ne pas rater le zinzin plein d'ailes de la compagnie Air France.

— Donnez-moi un jeton, fais-je au barman qui respecte ma méditation en bouquinant *Détective*.

Je vais tuber à mon aminche le standardiste. Une paire d'heures se sont écoulées depuis le premier rapport des poulets londoniens (in english the London's chickens) et comme les rosbifs sont l'exactitude faite monarque, je suis absolument certain qu'ils ont redonné de leurs nouvelles.

Je ne me suis pas trompé.

— On vient d'appeler, m'annonce le préposé. Il paraît que Zobedenib aurait reçu un coup de grelot à son hôtel. Il a frété un taxi et il est actuellement en route pour une destination inconnue. Vu la situation, les gars du Yard, qui ont pris les choses en main, annoncent un rappel avant deux heures pour le cas où des dispositions seraient à prendre…

— Merci…

Je raccroche. Mon auriculaire à haut-parleur m'annonce que d'ici peu les événements vont se précipiter. Où, je n'en sais encore rien, mais ils vont se précipiter.

Je retourne boire mon whisky. Faut être à la hauteur. Bon. Gamberge posément, San-A. Tu le sais bien que de la réflexion jaillit la lumière.

En somme, cette histoire, c'est quoi ? Un riche-vieux-chnock-gâteux épris de sciences occultes qui fait la connaissance d'un professionnel de la question.

Le professionnel voit le parti qu'il peut en tirer et se met à lui malaxer le subconscient. La chose est reconnue possible.

Le vieux client disparaît avec les cailloux de la famille. Gros émoi dans la basse-cour. On charge officieusement mon service d'enquêter. Le Gros va au théâtre. C'est un courageux, Béru. Un solide gaillard qui n'a pas froid aux châsses.

Il monte sur la scène afin de voir Petit Marcel dans l'exercice de ses étranges fonctions. Petit Marcel découvre qu'il s'agit d'un flic. Après la séance, il endort Béru. Le lendemain c'est relâche et on ne découvrira pas le Gros. Lorsque mon collègue sera découvert, lui, Zobedenib, aura récupéré les diams du vieux. Pas de délit. Le vieux étant ramolli de la coiffe, on l'enverra dans une maison de repos. Et ni vu ni connu… La remise des cailloux ayant lieu en terre étrangère, il est peinard… Même si on fait un rapprochement entre les deux voyages, personne ne peut prouver que…

Jusque-là, je pige. Mais il y a un os. Et cet os c'est le concierge de l'Alcazar. Lorsqu'il a été buté, Zobedenib était à cinq mille mètres d'altitude. Conclusion, ça n'est pas le Petit Marcel qui a embroché le pipelet. Et puisque ce n'est pas lui, c'est que Petit Marcel a un complice.

Dites, les gars, à ma place, vous iriez faire un brin de causette avec le brave Landowski, non ?

Oui ?

Eh bien ! pour une fois vous êtes moins patates que je ne le pensais !

En route !

Je lance un bif au loufiat et, en attendant la mornifle, j'attire à moi un baveux du jour étalé en bout de rade. En bas de page, je lis un entrefilet annonçant que le Congrès international de la magie s'ouvre aujourd'hui à Londres.

Il a bien choisi son coup, Zobedenib.

Un futé numéro un, je vous dis. Qu'il va falloir manipuler avec soin.

*
* *

Encore la rue Chanez. Elle est alanguie dans la torpeur de l'après-midi. Je fonce à la Résidence.

Le veilleur de noye a été remplacé par une charmante personne dont le corsage ressemble plus à une carte en relief du ballon d'Alsace qu'à la plaine de la Crau.

Je lui demande s'il y a quelqu'un chez Zobedenib, elle me répond que oui et je lui dédicace mon sourire *76 ter* modèle « décommandez vos rendez-vous, je reviens tout de suite ». Ensuite de quoi je me précipite dans l'ascenseur sur les talons d'une vieille madame au visage tellement plâtré que pour sourire elle est obligée de se faire desceller la bouche au ciseau à froid.

Afin de lui épargner des frais de main-d'œuvre, je m'abstiens de faire de l'esprit et c'est d'un pas léger que j'attaque le dalamite du couloir.

Studio 1406 ! Toc-toc-toc. Qui est laga ? Le chaperon rouquinos ou bien le gros méchant loup ? Combien de lourdes se sont dressées devant moi au cours de ma carrière ? Des milliers… Des millions peut-être. Le vrai rempart des hommes, dans le fond, après leur couennerie c'est leur porte. Un panneau de bois fermé par une serrure de tirelire, et ils se figurent qu'ils sont parés, les hommes ! De vraies patates inconscientes.

Je badaboume encore un brin de moment sur, autour et au pourtour de la sonnette sans obtenir la moindre réponse.

Donc la préposée d'en bas m'a bluffé : il y a nobody dans le studio du trop célèbre Zobedenib ! Les tourtereaux sont allés roucouler ailleurs.

Ou si c'est qu'ils ne veulent pas ouvrir ? A voir !

Sésame en pogne, je tutoie une seconde fois la serrure et, comme elle aime les familiarités, elle s'ouvre comme un melon trop mûr.

Illico mon renifleur entre en action. Il règne une drôle d'odeur dans cet appartement. Une odeur de, disons-le, gaz d'éclairage…

Mordu aux rognons par une légitime inquiétude, je bondis dans l'estanco.

Ma doué ! comme s'exprimerait Bécassine. Quel spectacle affligeant !

Landowski et la môme Solange gisent au travers du divan, plus inanimés que deux filets de morue à l'étalage d'un épicier.

La porte de la cuisine est ouverte et le bruit

sifflant du gaz mortel se fait entendre de façon continue.

L'âcre odeur me chavire. Je bondis et je constate que tous les robicos de la cuisinière sont ouverts.

Je commence par fermer, puis je cavale aux fenêtres afin d'établir un solide courant d'air.

Faut le voir, San-Antonio, dans les cas d'urgence ! Plus prompt que la foudre ! Plus fougueux que toute l'écurie Boussac. Plus déterminé que le champion du saut en parachute !

Je commence par cramponner la gosse sous les ailerons et je la coltine dans le couloir en criant à la garde.

Des portes s'ouvrent. Quelques frimes ahuries passent par les entrebâillements.

— Appelez police secours ! mugis-je. Deux accidents au gaz !

J'étale la fille dans le couloir ; je retourne chercher le Polak.

Lorsque le couple est allongé le long du mur, je me penche sur ces tourtereaux. Pas la peine de se faire faire un graphique en couleurs. C'est scié pour la rouquine. Elle en a trop respiré du truc à faire cuire les œufs au plat.

Son gentil cœur n'a pas pu résister. Il a affiché fermé pour cause de décès.

Reste Lando comme lot de consolation. Pas brillant non plus, le julot, mais vivant. Un râle bulbeux sort de sa poitrine. Il a le souffle bref et je crains qu'il ne canne pile.

Une dame radine en mugissant qu'elle est infirmière et qu'elle sait faire la respiration artificielle. Je lui abandonne donc le client en lui conseillant de faire sur lui ses devoirs de vacances.

Vaillant comme dix mille scouts, je refonce dans le studio. L'odeur tenace du gaz est toujours présente, flottant dans l'air à la ronde. Je m'évite de respirer, ce qui présente quelques difficultés, convenez-en (et si vous ne voulez pas en convenir, allez vous faire circonvenir). J'aperçois, posée en évidence sur la table, une feuille de papier sur laquelle on a hâtivement tracé quelques lignes.

Je lis :

Contre vous, Maître, notre amour est le plus fort. Adieu. Et c'est signé : *Solange Roland* et *I. Landowski*.

Donc ce n'est pas un accident mais un suicide concerté. Que signifie donc cette étrange phrase : « Contre vous, Maître » ?

Voilà de quoi méditer, hein ?

Je fourre le billet in my pocket et je regagne le couloir où les zigs de police secours radinent, armés d'un brancard pliant qu'ils déplient.

Je me fais connaître d'eux. Et je leur conseille de charger l'homme en premier vu qu'il n'y a plus que pour lui que l'on peut encore quelque chose. Pour la gosse, c'est terminé.

Ils me disent banco. Ils emmènent le copain à Beaujon. Pour la fille, ce sera le frigo collectif. Comme disait une concierge de mes ennemies : c'est la vie !

Pendant que ces messieurs font leur besogne, le petit San-A. des familles, lui, refait un tour du propriétaire. Il se baguenaude dans le studio. Il parcourt la salle de bains, la chambre à coucher, le living. Il fouinasse, il musarde et il réfléchit tout en se livrant à ces différentes opérations, ce qui est presque aussi malaisé que de jouer de l'hélicon basse en marchant.

Il remarque qu'il n'y avait pas que les robinets de la cuisinière à gaz qui étaient ouverts. Ceux de la salle de bains le sont aussi. La baignoire, plus alimentée en flotte que son écoulement ne lui permet d'en évacuer, a vachement dégorgé et une immense flaque d'eau s'est répandue sur le carreau et s'est infiltrée jusque dans la chambre.

Oui, il réfléchit, le San-A. Du coup, il reprend la méthode Holmes. Il a la matière grise qui fait tilt.

Il phosphore comme toute une usine d'allumettes suédoises.

Lorsque sa calebasse commence à chavirer, il s'évacue, ne tenant pas à terminer la journée dans l'une des armoires frigorifiques de la morgue.

Mais auparavant, il examine les placards, les penderies, les tiroirs. Il en veut. Il en redemande.

A la fin, affligé d'une forte migraine, il se propulse vers les en-bas pour aller écluser un gorgeon réparateur.

Arrêt facultatif auprès de la gente dame des renseignements. Elle est toute retournée par le drame, la pauvrette.

— Dites-moi, ma toute ravissante, fais-je en lui massant l'épaule comme pour la réconforter (ce faisant, j'insinue un doigt intrépide en direction de son corsage, because il faut toujours y aller mollo avec les souris), dites-moi, personne n'est venu rendre visite au 1406 aujourd'hui ?

— Personne, fait-elle.

— Vous n'avez vu sortir ni la secrétaire ni l'assistant du Petit Marcel ?

— Non.

— Ils n'ont pas reçu de communication téléphonique ?

— Si : une.

— A quelle heure ?

Elle fait un petit tour d'horizon intime.

— Vers 10 heures et demie, il me semble.

— Vous n'auriez par reconnu la voix du demandeur ?

— Je pense que c'était M. Zobedenib…

— Merci.

Ce salingue a appelé d'Orly. Et ce qu'il a dit a tout déterminé.

Elle est choucarde comme tout, la petite brancheuse de fiches bananes.

Vous penserez ce que vous voudrez (comme disait un général de mes relations en parlant de son frère : c'est le cadet de mes soucis), mais je lui ferais bien faire un tour de piste d'honneur sur la fourche de mon vélo.

Pour remplacer Wenda, ce serait un gentil petit lot intermédiaire. Dans les relations avec le beau sexe, le tout est de doser le cheptel. Après une femme du monde, levez-vous vite une servante d'auberge ; et après une artiste, choisissez sans hésiter la secrétaire de votre contrôleur des contributions.

Cette gosseline a tout ce qu'il faut pour prendre le fou rire en société, les gars. C'est de la poulette qui doit se déplumer dès qu'on souffle un peu fort dessous !

— Dites voir, mon âme, roucoulé-je, j'aurais un tas de minuscules questions discrètes et indiscrètes à vous poser. Comme vous me paraissez avoir un travail du diable, on pourrait peut-être dîner ensemble ce soir ? Comme ça on joindrait l'inutile à l'agréable, hmm ?

— Mais je ne vous connais pas, se rebiffe mollement la charmante.

— Il n'y aurait pas meilleure occasion pour faire connaissance. Je suis le commissaire San-Antonio, pour tout vous dire…

Elle a un court-circuit dans le corsage.

— Comment ! c'est vous ? Depuis le temps que j'en entends parler.

— Venez au Pam-Pam de l'Opéra à 8 h 30 et je vous prouverai à quel point c'est moi.

Une petite caresse prometteuse sous les roploplos, histoire de vérifier s'ils sont bien gonflés à 1,5 et je me taille.

Direction burlingue. Nous en sommes au point de l'enquête où le capitaine doit rester sur sa dunette pour faire le point et contrôler ses radars.

J'arrive en pleine effervescence.

Le standardiste me lance :

— Vite ! Le patron vous réclame, il y a du nouveau carabiné. Il vous expliquera.

C'est la journée du branle-bas, comme aurait dit une naine que j'ai connue au cirque Amar.

Ascenseur. Il est hydraulique, vous vous en souvenez, et me hisse lentement jusqu'à l'antre du Vieux.

Du nouveau ? Voulez-vous parier qu'il va m'apprendre que la secrétaire et l'assistant de Zobedenib se sont suicidés au gaz d'éclairage ? Combien de fois déjà mes services me recherchaient pour me révéler ce que je venais de vivre !

Ce sont les alinéas du métier, comme dit Béru, le roi-élu des gastronomes. L'homme qui mélange dans son assiette la mayonnaise et la crème Chantilly ; le gourmet qui met du sucre en poudre dans le boudin grillé et de la moutarde (de Dijon de préférence) sur les bananes flambées au grand marnier.

Je trouve monsieur mon patron dans son attitude *404 bis* (qu'il ne faut pas confondre avec la 404 Eric). Chez lui, c'est l'attitude suprême. Celle qu'il ne prend que dans les grandes occasions. L'attitude pour catastrophe internationale.

— Eh bien ! mon cher, rumine-t-il, adossé à son radiateur éteint. Vous êtes introuvable, à ce qu'il paraît ?

— Je vais et viens dans la maison depuis ce matin, rétorque le cher qui n'aime pas qu'on prenne sa bouille pour un séant de singe. J'ai demandé à vous parler naguère, mais vous étiez, m'a-t-on dit, en conférence avec le ministre.

— Je parle d'hier, riposte sèchement le Tordu en massant son suppositoire étincelant.

— Hier était mon jour de congé, je me permets de vous le faire observer, m'sieur le directeur. Ce qui ne m'a pas empêché cependant d'enquêter toute la nuit sur cette affaire de mage.

Il fait claquer ses doigts secs et manucurés.

— Parlons-en, vous avez laissé filer ce Zobedenib en Angleterre.

— Je n'avais aucune raison de l'en empêcher, monsieur le directeur.

Je sens que ça ne va pas être constipé entre nous du train où carburent les choses. S'il cherche les grandes rognes, le Scalpé, il va en trouver un qui s'appelle San-Antonio et qui n'aime pas qu'on lui coure, fût-ce nu-pieds, sur la prostate (exception faite pour les dames).

— Il fallait en trouver une, mon cher.

— Ah ! oui. J'avais pourtant toujours cru que vous répugniez aux arrestations arbitraires ?

— Et moi, répond le chevelu à rebours, je m'étais toujours imaginé que vous possédiez un sixième sens aux vertus préventives…

S'il se met à débloquer en vers libres, on n'est pas sorti de l'albergo. Je cours acheter du Claudel pour pouvoir lui balancer la réplique ; avec la *Galoche de sapin* en main ou bien *Jeannot Boucher*, je serais paré.

— Puis-je vous demander de m'expliquer ce que vous entendez par là ?

Il quitte le radiateur, vient à son bureau, pose ses deux poings chétifs sur le sous-main afin de prendre appui et me fly-toxe en pleine cerise :

— Parce qu'en plus vous n'êtes pas au courant ?

— Au courant de quoi ?

Et c'est la révélation terrific. Le truc qui vous en fout plein le portrait. Dans ces cas-là vous remplissez votre réservoir et vous mettez le reste dans un jerrican.

— Vous ne savez peut-être pas que votre mage à la manque vient d'assassiner M. Céleste Bourgeois-Gentilhomme à Londres ?

CHAPITRE XI

Dans lequel c'est comme toujours le commissaire San-Antonio qui finit par épater tout le monde.

Mon hébétude est telle que je me vois dans l'obligation pénible de lui faire répéter.

— Zobedenib a assassiné le marchand de nouilles ?

— Ce marchand de nouilles a un nom, je vous prie, fulmine le Vieux.

Jamais je ne l'ai vu aussi mauvais, le père La Crinière. Il aurait appris le même jour que sa femme le trompe, que l'administration le licencie et qu'il a un cancer au côlon qu'il ne serait pas plus pétardier.

Ça barde, San-A., il y a de la démission dans l'air. Si tu ne te contiens pas, l'irréparable risque de se produire !

— J'aimerais connaître les détails, risqué-je.

Il s'assied dans son fauteuil pivotant, saisit

un crayon et, rageusement, dessine une feuille de *Welwechia mirabilis* sur son buvard.

— M. Bourgeois-Gentilhomme était parti pour Londres.

— Je sais.

— Tout de même !

Je serre si fort mes poings que j'entends craquer mes cartilages.

— Il était à l'hôtel *Queen Victoria*. Zobedenib, au début de l'après-midi, lui a rendu visite. Que s'est-il produit exactement ? Mystère… Toujours est-il qu'au bout de quelques minutes le vieillard plongeait par la fenêtre et s'écrasait quatre étages plus bas sur la marquise de l'hôtel.

Je hoche la tête…

— Ensuite ? dis-je.

C'est à mon tour de contrer le Vioque. Il croyait que j'allais partir en digue-digue et réclamer des sels. Eh bien ! il en est pour son attente, le père Ladorure !

— Comment, ensuite ? Vous trouvez que ce n'est pas suffisant, ça ?

— Il a reconnu avoir défenestré le cher monsieur ?

Le boss hausse les épaules.

— Il prétend que c'est un suicide.

— C'en est peut-être un.

— Ah ! oui… Et le Yard a retrouvé sur le Petit Marcel un collier de perles appartenant aux Bourgeois.

— Comment explique-t-il sa provenance ?

Rire aigrelet, que dis-je ! vinaigré du Vieux.

— M. Céleste Bourgeois-Gentilhomme le lui aurait donné avant de se précipiter par la fenêtre… Vous imaginez cela ?

Je soutiens son regard sardonique.

— Très bien, patron.

— Vous dites ?

— Je dis que je crois les déclarations du Petit Marcel. A propos, moi aussi j'ai du nouveau. Sa secrétaire et son assistant se sont suicidés.

Il passe un doigt entre son cou de dindon et son col en celluloïd renforcé.

— C'est sérieux ?

— Pour la fille surtout, puisqu'elle en est morte. Maintenant, si vous voulez bien appeler l'hôpital Beaujon, nous saurons où en est le gars.

Il hésite, puis décroche son bigophone et demande l'hosto.

— Le monsieur s'appelle Landowski, renseigné-je.

Je le laisse bonimenter aux différents services

qui font le barrage ; quand il raccroche, sa mine sévère s'est quelque peu détendue.

— Il paraît qu'il s'en tirera, annonce-t-il. Sa forte constitution…

— Tant mieux, soupiré-je, j'ai toujours la consolation d'être arrivé à temps pour lui. Puis-je user de votre fil afin d'appeler la morgue ?

— Faites.

Dans la boutique Viande-Froide, je demande à parler au toubib des entrées. Je le connais, c'est un vieux farceur qui ne se plaît qu'en compagnie des macchabées. Plus ils sont rassis, plus il est heureux.

— Le docteur Nécrofage ?

— Qui est à l'appareil ? s'inquiète sa voix rocailleuse.

— Le plus beau commissaire de France et de la périphérie.

— Ah ! C'est vous, San-A. ?

— Je ne vous le fais pas dire, ris-je. Le Vieux, en face de moi, fait claquer ses osselets pour témoigner de son agacement.

— On vous a expédié une rouquine, voici un moment, vous l'avez réceptionnée ?

— Très bien, ne vous tourmentez pas pour elle, il ne lui est rien arrivé en route.

Il a l'humour tout ce qu'il y a de noircicot, le doc.

Faut dire que ce ne sont pas ses patients qui risquent de s'en formaliser.

— Vous l'avez examinée un peu ?

— En la déshabillant, oui. Mais je n'ai pas pratiqué l'autopsie.

— Selon vous, elle est morte depuis combien de temps ?

Il ne répond pas tout de suite car Nécrofage n'est pas un étourdi. Il a toujours sur lui une balance de Robert Val pour peser le pour et le contre.

— Voyons, réfléchit-il. On me l'a apportée voici une demi-heure. Il est 4 heures moins 20... Elle a dû trépasser sur les choses de 11 heures ou de midi.

Je sursaute.

— Tant que ça ? Vous êtes sûr ?

— Et comment !

— Il y avait un gars avec elle. Il en réchappera aux dires de vos collègues de Beaujon.

— Tant mieux pour lui.

— Ça ne vous paraît pas extraordinaire que la fille soit morte et pas l'homme ?

— Non. Dans ces histoires d'asphyxie au gaz, tout est question d'organisme... Il est normal qu'un homme survive à une femme, surtout qu'il est en pleine force.

— Même qu'il survive plusieurs heures ?

— La chose est fréquente.

— O.K., merci.

Je remets délicatement le combiné sur sa fourche.

— Vous avez des conclusions à... ? débute le Big Boss.

— Pas encore, mais ça vient. Je vous demande la permission de me retirer, patron. Vous aurez de mes nouvelles dans le courant de la journée.

— J'y compte.

Je file. L'atmosphère de ce burlingue est irrespirable aujourd'hui.

Je dégringole les marches et j'entre en coup de vent dans mon bureau.

Ce qui rend la vie rassurante, ce sont ses redites.

Le père Pinuche est à nouveau en train de faire de la mobylette autour de la pièce, heurtant parfois un classeur, ou bousculant un siège.

— Stop ! crié-je.

Il me fait un grand geste et hurle :

— C'est toujours la même chose ; je me rappelle plus comment on fait pour s'arrêter !

— La manette des gaz en avant, eh ! gâteux !

Il obéit et son engin s'arrête après une toux de bronchiteux.

— Lave tes mains sales et amène-toi, Pinuche...

— Où ?

— A l'hôpital.

— Mais j'ai passé ma radio ce matin.

— Ce n'est pas pour toi, c'est pour rendre visite à un ami.

*
* *

Le médecin-chef est un homme affairé qui n'a guère envie de participer à une enquête policière. Il m'écoute cependant avec beaucoup de patience et, quand j'ai fini de lui exposer mes desirata, comme disait la señora Doña et Caetera Y Tréma Con Comlalune, il hoche la tête.

Il presse un timbre. Un infirmier paraît.

— Voyez avec Monsieur, lui dit le médecin-chef, en me désignant d'un pouce désinvolte. Et essayez de lui donner satisfaction.

Je n'en demande pas plus. Je chope mon zig par une aile, et je l'entraîne dans le couloir afin de l'affranchir.

L'arrivant est un grand type sympa, aux yeux rieurs et dont le teint tiendrait à prouver qu'il ne s'hydrate pas qu'avec de l'eau distillée.

Je lui explique point par point ce que je désire.

— Le gazé est-il en état de parler ? je questionne.

— Je pense, oui.

— Bon. Transportez-le dans une chambre à un lit. Au préalable, je vais m'y cacher.

— Ce ne sera pas commode.

— Arrangez un système de penderie fermée par un rideau, je me mettrai derrière.

— Très bien.

— Lorsqu'il y sera depuis un moment, dites-lui qu'il a la visite d'un monsieur qui se prétend de la police. Et faites une réflexion tendant à exprimer votre étonnement à ce sujet, genre « il n'en a vraiment pas l'air »… Vu ?

— Je ne vois pas trop où vous voulez en venir, fait l'infirmier.

— L'essentiel c'est que moi je voie à peu près, non ? pouffé-je.

Il admet et tout se déroule comme indiqué. Cinq minutes plus tard je me cache derrière un rideau en nylon blanc dans lequel j'ai percé un trou. Je suis installé sur un petit tabouret de métal et il ne me reste plus qu'à attendre.

La pièce étant pourvue d'un poste de radio, j'ai branché celui-ci sur un poste diffusant de la musique douce, ce qui couvre le bruit menu de ma respiration.

Les filets sont tendus, le poissecaille n'a plus qu'à radiner. Et il radine, sur un chariot halé par mon infirmier assisté d'un de ses collègues.

Ils couchent Landowski, lui demandent s'il veut quelque chose et sortent.

Dans mon petit théâtre guignol, je guette. Lando reste immobile un bon moment. Puis il ouvre un store et mate autour de lui. Il ouvre l'autre. D'où je suis je le vois de trois quarts. Je puis vous affirmer que le regard du Polak n'a rien de comateux.

Il est aux aguets. J'ai l'impression qu'il « sent » ma présence. Tel un gibier flairant le chasseur, il est crispé, attentif.

Toc-toc à la lourde.

Le scénario continue. Revoilà mon infirmier. Au second toc du toc-toc, Landowski a refermé les yeux.

L'homme en blanc remonte au chevet du gazé.

— Dites-moi, fait l'infirmier. Il y a là un drôle de type qui insiste pour vous voir d'urgence. Il se prétend de la police, mais je me demande si c'est vrai : il a une telle dégaine…

Lando, comme au prix d'un suprême effort, a rouvert les yeux. On dirait qu'il est à deux doigts d'expirer.

Un comédien de first classe.

— Je le fais entrer quelques minutes ? demande l'infirmier. Vous n'êtes pas obligé de répondre à ses questions, vous savez…

Léger acquiescement du gars Lando.

Intermède comique : l'entrée de Pinuche.

Pinaud, il est tout ce que vous voudrez, certes ; cacochyme sur les bords ; diminué, mais il a le sens de la situation. Ganache, sans aucun doute. Mais efficace dans tout ce qui concerne son turbin.

Brave Pinuche ! Je lui donnerais l'accolade en l'entendant débiter ses sornettes de sa bonne voix chevrotante et pénétrée. Comme il la sait bien, sa leçon ! Avec quelle intelligence professionnelle il la débite, ménageant ses effets, prenant des temps ; clignant ses yeux mités ou lissant sa moustache aux poils de laquelle tremblotent les reliefs de ses quatorze derniers repas.

— Je m'excuse de vous rendre visite en ce moment, m'sieur Lando...

Brave homme ! Il est vrai qu'il débuta sur les planches, Pinaud. Il a joué *la Porteuse de pain*, jadis (c'est lui qui faisait le pain), et on a beau dire, c'est comme l'Ecole normale supérieure ou la vérole ; ça vous laisse toujours quelque chose.

— Qui êtes-vous ? soupire son valeureux partenaire...

— Mon nom ne vous dirait rien. Je suis détective privé. J'ai dit carrément Police aux infirmiers parce qu'il fallait que je vous voie avant la vraie police qui ne va pas tarder à s'amener...

Serait-ce une idée ? Il me semble que l'autre a sourcillé. Il est intéressé et il songe un peu moins à jouer les agonisants.

J'écoute mon chose-frère et je me dis *in petto*, puisque je me parle latin au plus fort de mes réflexions, qu'en effet, Pinaud fait détective privé. L'œil du bidet ! Adultères en tout genre, avec eau chaude et froide. Filature. Discrétion assurée...

— Bref, enchaîne le vieux déchet, j'étais chargé par la famille Bourgeois-Gentilhomme de surveiller discrètement le vieux monsieur... A son âge, hein ? C'était la prudence même. Seulement, en filant à Londres il m'a pris de court, le Céleste. Je n'avais pas sur moi le prix du voyage. Mon patron, faut dire, ne les attache pas avec des saucisses... Je me suis fait laver la coiffe, vous pouvez m'en croire... Je vous raconte tout ça, mon pauvre, c'est pour vous dire...

« Donc, quand il a été parti, qu'est-ce que j'avais de mieux à faire qu'à m'occuper de vous puisque vous vous étiez intéressé à Céleste ? Le micmac de cette nuit, je me suis demandé ce qui allait en découler pour vous. Mais on dirait que ça n'a pas trop mal marché, hein ?

Là, un grand, un long, un interminable silence pendant lequel Lando assimile (il a la méthode).

Tout va dépendre de ses réactions. Il ne bronche pas. Situation délicate, voire intenable pour Pinaud. Faut avoir son calme pour tenir. Il tient. Il fait même mieux : il poursuit l'attaque.

— Voyez, mon pauvre, en vous surveillant, quelque chose me disait que je perdais pas mon temps... Conclusion, malgré votre déguisement, je vous ai vu sortir du 1406 et le coup du concierge de l'Alcazar pour remettre la clé... Hein, c'est vous dire...

Toujours mutisme absolu chez l'adversaire.

Le gars San-A., celui qui n'a pas la Légion d'honneur mais qui séduit toutes les filles séduisables, sent la partie noble et intime de sa personne s'amoindrir, ce qui est dommage. A-t-il commis la plus monstrueuse erreur de sa belle carrière ? Hmmm ? Répondez voir, bande de pochetés, puisque le zig se tait.

Mon Pinaud sort de sa poche un innommable mouchoir à carreaux, maculé de cambouis et de mille autres trucs plus ignobles. Il le déploie, ce qui fait un bruit de vache en train de mastiquer une pomme verte et s'en essuie le coin des yeux.

Il se frappe toujours pas, Pinuche. Il est en mission. Il l'accomplit. Je lui commanderais d'aller arracher les poils des oreilles du ministre des Affaires en cours d'annulation, il irait avec la même tranquillité souveraine.

S'étant décamoté les miradors, il se mouche. Puis il s'essuie la moustache sans déplacer son tire-gomme d'un millimètre. Ensuite il finit sa sérénade.

— Bien arrangé aussi, le coup du gaz. Comme alibi c'est réussi. Vous liquidez la gosse qui commence à en savoir trop et comme on se base sur l'heure de sa mort pour déterminer l'heure de la fuite, vous êtes blanchi pour la question du concierge, hein ? Vous avez mis des lunettes noires, un chapeau tyrolien…

Sa mémoire lui joue un petit tour. C'est l'âge et le muscadet. Il se rappelle plus très bien ce que je lui ai seriné. Il a peur de faire un pas de clerc. Et il a raison d'hésiter. Ça revient.

— Pendant l'asphyxie vous étiez dans la salle de bains. Vous restiez devant la fenêtre ouverte. Quand la fille a été morte vous avez fermé le gaz et vous êtes allé à l'Alcazar. Puis vous êtes revenu, vous avez rouvert les robinets et vous êtes retourné dans la salle de bains *en faisant couler l'eau par terre pour combler l'interstice sous la porte*, et vous tenir ainsi à l'abri du gaz. Quand les flics ont sonné à la porte, vous êtes allé vous étendre près de la fille en avalant tout ce que vous pouviez de gaz pour vous intoxiquer un brin.

« Bon, voilà. Tout ça pour vous dire que je ne vous bluffe pas. J'attends vos propositions.

Cette fois, Landowski se décide à l'ouvrir.

— Quelles propositions ? demande-t-il d'une voix suave.

Pinaud hoche la tête, bon enfant.

— J'ai des goûts modestes et des besoins raisonnables. Je préfère vous laisser faire une offre. Si elle est trop basse j'essaierai d'avoir mieux du côté de la famille...

— Vous ne m'avez pas regardé...

Et c'est vrai. Pinaud ne regarde jamais ses interlocuteurs. Ses yeux innocents vagabondent dans la pièce pendant qu'il parle ou qu'on lui parle.

Lando, d'une voix étrangement doucereuse et persuasive, répète :

— Voyons, regardez-moi, et vous comprendrez...

Pinaud, pas contrariant, le regarde. Et voilà que, tout à coup, il cesse de battre des paupières. Son regard reste planté dans celui de Lando. Jamais le père Pinocchio n'a soutenu ainsi les mirettes d'un zig. D'ordinaire ses lampions font bravo au bout d'une seconde deux dixièmes. Qu'est-ce que ça veut dire ?

Eh bien ! les gars, ça veut dire que j'ai vu juste ! Mais n'anticipons pas.

Landowski parle. Son ton est bas, les syllabes traînent, interminablement.

— Vous ne savez rien, dit-il. Riiiien... Vous avez rêvé...

Pinuche est immobile, figé. L'autre continue la séance.

— Vous avez inventé tout cela. Vous êtes

sale de vos péchés ! Oh ! comme vous êtes sale ! Comme vous êtes sale !

Et le miracle s'accomplit. Pinuche sort son pauvre mouchoir, les yeux toujours rivés à ceux de Landowski.

Avec des gestes lents et gourds de somnambule, il le frotte sur son pauvre visage fripé, ce qui ne le rend pas propre, bien au contraire.

— Oh ! non... Non ! fait lentement Landowski. C'est inutile... Seule l'eau de la Seine peut vous nettoyer. Il y a de la belle eau, dans la Seine. De la belle eau pure, limpide, chaude, douce... Douce comme une peau de femme. Vous allez y aller. Vous plongerez dedans... Vous fermerez les yeux et vous resterez immobile, l'eau vous lavera... Vous lavera... Vous lavera... Vous serez propre... Propre... Vous resplendirez ! Votre peau aura un éclat merveilleux... Il faut y aller. Allez dans la Seine ! Allez-y vite !

Le gars Pinuche se dresse. On dirait un automate. Il fait un demi-tour à l'allemande et se dirige vers la porte. C'est le moment d'intervenir.

— Pinaud ! je meugle. Arrête, eh, patate, cet enviandé vient de t'hypnotiser...

En me reconnaissant, Landowski blêmit. Il tente de sauter de son lit, mais son menton, comme par hasard, arrive juste sur mon poing droit qui se précipitait à sa rencontre.

Il part à la renverse. Je le relève avec la main gauche. Je lui ajuste deux parpaings d'un quintal chacun sur la bouille et il est endormi à son tour.

Vite je me lance sur les talons de Pinaud. Car Pinaud ne s'est pas arrêté. Il arrive au bout du couloir, et j'ai beau hurler à la garde, il continue de filer. Des infirmiers radinent. Je leur montre le Pinuchet.

— Faites vite ! Ceinturez-le, il va se flanquer à la Seine !

Les gars s'empressent. Moi je rentre dans la piaule afin d'avoir une petite conversation avec Landowski.

CHAPITRE XII

Et dernier. Dans lequel j'ouvre les yeux à ceux qui auraient également reçu la visite du marchand de sable.

— Bien mijoté, mon gars Lando, mais j'ai été plus fortiche que toi, tu m'excuseras. Où tu as dépassé la mesure, c'est en faisant défenestrer le vieux à Londres. Ça, c'est du crime plus que parfait. Chapeau !

Il sourit. J'évite son regard parce que je n'ai pas envie qu'il m'arrive un turbin. Mais comme je suis un loyal, je ne puis m'empêcher de bigler mes interlocuteurs ; or chaque fois que mes yeux rencontrent les siens, je ressens comme une petite décharge électrique.

— C'est au contact de Petit Marcel que tu t'es rendu compte de ton pouvoir hypnotique, je parie ?

— En effet.

— Lui, ça n'est qu'un brave bougre de charlatan, tandis que chez toi, pas d'erreur, le don y est ! J'assistais à la séance d'hier. Mon collègue, le gros, il n'arrivait pas à se laisser opérer par le Petit Marcel : c'est un sceptique. Et il était monté sur scène pour ouvrir grands les yeux, pas pour les fermer. Alors Petit Marcel a fait appel à toi, mine de rien, parce que dans les urgences, c'est toi qui intervenais. O.K. ?

— O.K. !

— Tu devais en crever de voir le nom de ton maître sur les affiches et sa photo dans le programme, d'entendre le public l'applaudir alors que c'était toi le crack. Non ?

— Un peu.

— Alors, un jour, tu as trouvé l'ouverture en la personne du vieux marchand de nouilles. Une proie facile, hein ? Tu t'es occupé de lui et tu en as fait ta chose... Tu lui as dicté de se barrer avec les diams et de te les remettre. Puis tu l'as envoyé à Londres parce que ton patron s'y rendait et que tu voulais lui faire porter le chapeau. Une fois à Londres, le subconscient de Céleste bien démonté l'a poussé à appeler Zobedenib à son hôtel où tu savais qu'il descendait. Il l'a convoqué. L'autre y est allé. Il lui a remis un bijou, toujours obéissant secrètement aux instructions dont tu avais pénétré son moi second...

Sourire de Lando.

— … puis il s'est foutu par la fenêtre.

— Il faudrait pouvoir prouver tout cela, commissaire, dit cette carne. Vous risquez fort de vous faire ficher de vous en soutenant une pareille thèse devant un tribunal. La justice est bien trop positive pour croire au surnaturel.

— En tout cas, le pipelet de l'Alcazar, c'est pas son subconscient qui l'a buté.

Il reste impavide.

— Ce qui s'est passé, je vais te le dire. Hier, après la séance, tandis que Petit Marcel signait des autographes dans le salon réservé aux admirateurs, tu as découvert mon inspecteur dans la loge de ton patron. Tu l'as endormi, comme tu as endormi mon autre gars à l'instant, et tu l'as flanqué sous le divan. Tu étais talonné par le temps. Si Petit Marcel le découvrait, il allait avoir la puce à l'oreille. Si, d'autre part, mon gars reprenait ses esprits, il allait se rappeler que tu l'avais endormi. Alors, pour tout arranger, toi, tu allais venir, tard dans la nuit, et embarquer mon type ailleurs, le pousser au suicide, peut-être, suivant ta bonne habitude. Seulement, si les hommes ne te résistent pas, les serrures, elles, se laissent moins bien convaincre. Tu as attendu dehors la sortie de Zobedenib. Il posait la clé de sa loge sur la tablette. Tu as pris cette clé. Tu as fixé le numéro qui était joint après une autre clé que tu avais sur toi et tu t'es barré. Mais quand tu es revenu, c'était trop tard, y avait du poulet dans le secteur et on avait retrouvé mon gros pote.

« Les choses se sont déroulées comme tu sais. Mais un truc te tracassait : *la clé à toi* qui se trouvait accrochée dans la loge du concierge. D'un moment à l'autre on allait s'apercevoir qu'il ne s'agissait pas de la bonne. Ça allait nous donner à réfléchir et si l'enquête faisait découvrir qu'il s'agissait d'une clé t'appartenant, tu étais bonnard.

« Déjà que la police te reniflait…

« Alors tu as voulu opérer la substitution. Tu as cru que le concierge était sorti et tu as fait ta petite manœuvre ; en réalité le pipelet somnolait dans un fauteuil d'osier qui le dissimulait à ta vue. Il s'est éveillé et ç'a été sa perte. Tu n'avais pas le temps de lui faire une belle séance. Sans doute t'a-t-il appris que je me trouvais dans le théâtre. Hmmm ? »

— Mais, bon Dieu ! fait-il, prouvez tout cela.

— T'occupe pas, fiston, on le prouvera.

« La môme Solange était ta complice. Mais quand elle m'a vu débarquer dans l'affaire de bon matin, un matin prévu pour l'opération Grand-Père Lanouille, elle a dû prendre peur, et c'est pourquoi tu as décidé son suicide. Prudence !

« Tu allais jouer aussi le tien, de la façon que t'a exposée mon éminent collègue tout à l'heure. Tu sais ce qui m'a fait découvrir le bidule, mec ? La flotte d'abord. Elle avait coulé dans la chambre, *mais il y en avait après tes semelles, donc tu avais marché dans l'eau depuis peu de temps*.

« En fouillant partout, j'ai découvert des lunettes noires dans un chapeau tyrolien. Or ce chapeau était de pointure beaucoup plus grande que ceux appartenant à Petit Marcel et qui se trouvaient à ses côtés dans l'armoire. Conclusion, ces menus accessoires t'avaient servi à te déguiser pour sortir de la Résidence sans être repéré.

« Voilà, mon gars. Maintenant il ne nous reste plus qu'à savoir où tu as planqué les cailloux. »

— Folie ! murmure Landowski. Folie ! Rien de tout cela n'est vrai.

Je le regarde. M'est avis que c'est du client sérieux. Pour le faire parler il faudra toute la science de... Mais au fait ! Et Béru ? Le voilà, le témoin number one. O ironie ! c'est Lando seul qui peut réveiller l'homme capable de l'accabler. C'est même pas la peine de le lui demander, hein ?

Je confie le loustic à mes hommes mandés dare-dare et, escorté de Pinaud, légèrement désenvapé, je bombe chez le cher Béru.

*
* *

Dans l'escalier de plus en plus encombré du Mahousse, la foule est de plus en plus houleuse car on enregistre l'arrivée de la découcheuse Berthe Béru, plus connue dans certains milieux sous les initiales de B.B.

La mégère est apostrophée par les voisins qui ne la traitent pas de bourreau d'enfants mais de bourreau d'époux.

Elle est rubiconde, les poils de ses verrues fouettant le vent sournois de l'escalier.

En m'apercevant, elle se rue, toutes mamelles sorties, dans ma direction.

— Mon bon ami, éructe la baleine à travers ses fanons, vous imaginez une honte pareille ? Ces gens qui se mêlent de ma vie privée ! Qui me reprochent de ne pas moisir devant mon fourneau en attendant ce coureur de cotillon de Benoît !

Je la calme, je calme la populace et je la drive dans son appartement.

Une fois le calme rétabli, elle s'inquiète enfin :

— Au fait, cher San-Antonio, pourquoi ces manifestations hostiles ?

— Votre type a été hypnotisé, lui apprends-je. On n'arrive pas à le ranimer.

Elle pousse un beuglement et se rue dans la chambre où gît Bérurier le Preux.

Rien de changé dans son état. Il repose, pétrifié, les manchons à l'alignement du burlingue, les yeux fermagas, la bouche boudeuse.

Berthe s'arrête un instant, indécise. Elle ressemble à une truie en arrêt devant un tas de fumier, se demandant si ça se mange… Puis elle explose.

— Il est rond, oui ! Qu'est-ce que vous racontez ? Hypnotisé ? Il aura encore trop bu, cet affreux sac à vin !

La garde dépêchée par la préfecture de police intervient. C'est une sèche, à moustaches en jet d'arroseuse municipale.

— Je vous assure, madame, que vous faites erreur !

Allez donc arrêter la trajectoire d'une avalanche avec un filet à papillons !

La baleine ne veut rien entendre. Elle l'a vu

si souvent poivre, son Benoît le Gros, qu'elle ne chique pas aux contes à dormir allongé.

Elle empoigne Béru par la cravetouse et le malmène comme un zig de la voirie, mal luné, malmène sa première poubelle.

— Tu vas te réveiller, salopard ? qu'elle brame, la porcine. Finis ta comédie ou je vais te montrer si je m'appelle Berthe ou autrement.

La garde me prend le bras.

— Intervenez ! m'exhorte-t-elle ; cette houri va le tuer.

Comme si le Très-Haut n'attendait que ces mots pour se manifester, un éternuement terrible retentit. On dirait que Béru vient d'exploser. On a tous des éclaboussures plein les fringues. Va falloir se changer si on ne veut pas choper de congestion.

Le Gros ouvre ses lanternes, puis se met en code. Il regarde autour de lui avec une certaine surprise.

— Vous voyez comme il était hysténopisé ! triomphe la baleine.

Et dans sa rage, elle soufflette son bey de Tunis miniature. Le Farouk du pauvre a alors une réaction inattendue, inconcevable… Si je n'en étais pas le témoin je n'y croirais pas. Lui, le file-doux, l'humilié, le cocu, le content, lui, Béru, qui a fait des arrêts de volée avec des rouleaux à pâte plus que Puig Aubert n'en a fait avec ses suppositoires de cuir. Lui, sur la gueule de qui Berthe brisa, depuis leur lune de miel : trois gaufriers, un moulin à café, huit soupières, cent trente-quatre manches à balai et douze de parapluie, onze services à vaisselle, une turbotière, deux lampes de chevet, la photo de son oncle, une statue de plâtre représentant une Diane chasseresse plus un buste – en plâtre également – du maréchal Pétain-sans-son-képi, une pomme d'escalier, trois brocs de faïence et une jambe de bois ayant appartenu à son grand-père ; oui, lui, l'éternel bafoué, le battu par vocation (et par Berthe), il se dresse. Une flamme l'anime : celle de son subconscient. Son moi second prend la parole.

De toutes ses forces qui sont grandes, il file un aller-retour sur les bajoues de son beignet-froid en criant :

— Non, mais vous entendez comment que cette rombière ose causer à l'homme !

Suspense terrifiant. On entendrait une mouche marcher sur un tapis en caoutchouc-mousse. Puis la Grosse se précipite sur la poitrine de son Bérurier en pleurant comme tout le quartier de la Madeleine :

— Oh ! Mon homme, mon homme, balbutie-t-elle, en se faisant toute petite (on déblaiera ce qui reste à la fourche demain matin), pardonne à ta petite femme qui t'aime…

L'heure des grandes eaux, les gars ! Les délices, les orgues, peut-être les amours ! Sait-on jamais ?…

On se retire sur la pointe des pinces, la garde, Pinuche et moi.

— Viens boire un godet en bas, fais-je à Pinuche. Quand ils se seront mis à jour je remonterai l'interroger.

Je mate ma breloque. Dans deux heures j'ai rancart avec la préposée de la rue Chanez. Faut que je fasse mon plein de scotch si je veux être à la hauteur.

Comme Pinaud ne me suit pas, j'insiste :

— Tu amènes ta carcasse, oui ?

— Non, fait le Dabe, regarde, je peux pas vadrouiller comme ça ; je me sens tout sale. Je voudrais prendre un bain, San-A.

« La Seine est à combien d'ici ? »

FIN

Un guide de lecture inédit élaboré
par Raymond Milési

REMONTEZ LE FLEUVE AVEC LE COMMISSAIRE SAN-ANTONIO

La première aventure du commissaire San-Antonio est parue en 1949. Peu à peu, ce personnage au punch et à la sincérité extraordinaires a pris dans le cœur des lecteurs de tous âges une place si importante qu'on peut parler à son sujet de véritable *phénomène*. Qu'il s'agisse de son exceptionnel succès dans l'édition ou de l'enthousiasme qu'il provoque, on est en droit de le situer — et de loin — au premier rang des « héros littéraires » de notre pays.

1. Bibliographie des aventures de San-Antonio

A) La série

Jusqu'en 2002, la série était disponible dans une collection appelée « *San-Antonio* », abrégée en « **S-A** », **avec une numérotation qui ne tenait pas compte – pour une bonne partie – de l'ordre originel des parutions.**

La collection garde le même nom mais, à partir de 2003, **sa numérotation va respecter l'ordre chronologique**.

Dès lors, la bibliographie ci-après se consulte de la façon suivante :

- En tête apparaît le numéro « chronologique », celui qui figure sur chaque roman réimprimé *à partir de 2003.*
- Après le titre vient, entre parenthèses, la date de première publication.
- Puis est indiquée la collection d'origine (Spécial Police de 1950 à 1972 et **S-A avec l'ancienne numérotation** : reprises et originaux de 1973 à 2002).
- O.C. signale que le titre a été réédité dans les Œuvres Complètes, le numéro du tome étant précisé en chiffres romains.

■■■■■■■■■■■■■■

1. **RÉGLEZ-LUI SON COMPTE** (1949)
(**S-A 107**) – O.C. XXIV

2. **LAISSEZ TOMBER LA FILLE** (1950)
Spécial-Police 11 – (**S-A 43**) – O.C. III

3. **LES SOURIS ONT LA PEAU TENDRE** (1951)
Spécial-Police 19 – (**S-A 44**) – O.C. II

4. **MES HOMMAGES À LA DONZELLE** (1952)
Spécial-Police 30 – (**S-A 45**) – O.C. X

5. **DU PLOMB DANS LES TRIPES** (1953)
Spécial-Police 35 – (**S-A 47**) – O.C. XII

6. **DES DRAGÉES SANS BAPTÊME** (1953)
Spécial-Police 38 – (**S-A 48**) – O.C. IV

7. **DES CLIENTES POUR LA MORGUE** (1953)
Spécial-Police 40 – (**S-A 49**) – O.C. VI

8. **DESCENDEZ-LE À LA PROCHAINE** (1953)
Spécial-Police 43 – **(S-A 50)** – O.C. VII

9. **PASSEZ-MOI LA JOCONDE** (1954)
Spécial-Police 48 – **(S-A 2)** – O.C. I

10. **SÉRÉNADE POUR UNE SOURIS DÉFUNTE** (1954)
Spécial-Police 52 – **(S-A 3)** – O.C. VIII

11. **RUE DES MACCHABÉES** (1954)
Spécial-Police 57 – **(S-A 4)** – O.C. VIII

12. **BAS LES PATTES !** (1954)
Spécial-Police 59 – **(S-A 51)** – O.C. XI

13. **DEUIL EXPRESS** (1954)
Spécial-Police 63 – **(S-A 53)** – O.C. IV

14. **J'AI BIEN L'HONNEUR DE VOUS BUTER** (1955)
Spécial-Police 67 – **(S-A 54)** – O.C. VIII

15. **C'EST MORT ET ÇA NE SAIT PAS** (1955)
Spécial-Police 71 – **(S-A 55)** – O.C. XIII

16. **MESSIEURS LES HOMMES** (1955)
Spécial-Police 76 – **(S-A 56)** – O.C. II

17. **DU MOURON À SE FAIRE** (1955)
Spécial-Police 81 – **(S-A 57)** – O.C. XV

18. **LE FIL À COUPER LE BEURRE** (1955)
Spécial-Police 85 – **(S-A 58)** – O.C. XI

19. **FAIS GAFFE À TES OS** (1956)
Spécial-Police 90 – **(S-A 59)** – O.C. III

20. **À TUE... ET À TOI** (1956)
Spécial-Police 93 – **(S-A 61)** – O.C. VI

21. **ÇA TOURNE AU VINAIGRE** (1956)
Spécial-Police 101 – **(S-A 62)** – O.C. IV

22. **LES DOIGTS DANS LE NEZ** (1956)
Spécial-Police 108 – **(S-A 63)** – O.C. VII

23. **AU SUIVANT DE CES MESSIEURS** (1957)
Spécial-Police 111 – **(S-A 65)** – O.C. IX

24. **DES GUEULES D'ENTERREMENT** (1957)
Spécial-Police 117 – **(S-A 66)** – O.C. IX

25. **LES ANGES SE FONT PLUMER** (1957)
Spécial-Police 123 – **(S-A 67)** – O.C. XII

26. **LA TOMBOLA DES VOYOUS** (1957)
Spécial-Police 129 – **(S-A 68)** – O.C. IV

27. **J'AI PEUR DES MOUCHES** (1957)
Spécial-Police 141 – **(S-A 70)** – O.C. I

28. **LE SECRET DE POLICHINELLE** (1958)
Spécial-Police 145 – **(S-A 71)** – O.C. III

29. **DU POULET AU MENU** (1958)
Spécial-Police 151 – **(S-A 72)** – O.C. V

30. **TU VAS TRINQUER, SAN-ANTONIO** (1958)
Spécial-Police 157 – **(S-A 40)** – O.C. V
(tout en pouvant se lire séparément, ces deux derniers romans constituent une même histoire en deux parties)

31. **EN LONG, EN LARGE ET EN TRAVERS** (1958)
Spécial-Police 163 – **(S-A 7)** – O.C. XIII

32. **LA VÉRITÉ EN SALADE** (1958)
Spécial-Police 173 – **(S-A 8)** – O.C. VI

33. **PRENEZ-EN DE LA GRAINE** (1959)
Spécial-Police 179 – **(S-A 73)** – O.C. II

34. **ON T'ENVERRA DU MONDE** (1959)
Spécial-Police 188 – **(S-A 74)** – O.C. VII

35. **SAN-ANTONIO MET LE PAQUET** (1959)
Spécial-Police 194 – **(S-A 76)** – O.C. IX

36. **ENTRE LA VIE ET LA MORGUE** (1959)
Spécial-Police 201 – **(S-A 77)** – O.C. IX

37. **TOUT LE PLAISIR EST POUR MOI** (1959)
Spécial-Police 207 – **(S-A 9)** – O.C. XIII

38. **DU SIROP POUR LES GUÊPES** (1960)
Spécial-Police 216 – **(S-A 5)** – O.C. II

39. **DU BRUT POUR LES BRUTES** (1960)
Spécial-Police 225 – **(S-A 15)** – O.C. IX

40. **J'SUIS COMME ÇA** (1960)
Spécial-Police 233 – **(S-A 16)** – O.C. VI

41. **SAN-ANTONIO RENVOIE LA BALLE** (1960)
Spécial-Police 238 – **(S-A 78)** – O.C. VII

42. **BERCEUSE POUR BÉRURIER** (1960)
Spécial-Police 244 – **(S-A 80)** – O.C. IV

43. **NE MANGEZ PAS LA CONSIGNE** (1961)
Spécial-Police 250 – **(S-A 81)** – O.C. XI

44. **LA FIN DES HARICOTS** (1961)
Spécial-Police 259 – **(S-A 83)** – O.C. X

45. **Y A BON, SAN-ANTONIO** (1961)
Spécial-Police 265 – **(S-A 84)** – O.C. VIII

46. **DE « A » JUSQU'À « Z »** (1961)
Spécial-Police 273 – **(S-A 86)** – O.C. XII

47. **SAN-ANTONIO CHEZ LES MAC** (1961)
Spécial-Police 281 – **(S-A 18)** – O.C. VII

48. **FLEUR DE NAVE VINAIGRETTE** (1962)
Spécial-Police 293 – **(S-A 10)** – O.C. I

49. **MÉNAGE TES MÉNINGES** (1962)
Spécial-Police 305 – **(S-A 11)** – O.C. IX

50. **LE LOUP HABILLÉ EN GRAND-MÈRE** (1962)
Spécial-Police 317 – **(S-A 12)** – O.C. X

51. **SAN-ANTONIO CHEZ LES « GONES »** (1962)
Spécial-Police 321 – **(S-A 13)** – O.C. V

52. **SAN-ANTONIO POLKA** (1963)
Spécial-Police 333 – **(S-A 19)** – O.C. V

53. **EN PEIGNANT LA GIRAFE** (1963)
Spécial-Police 343 – **(S-A 14)** – O.C. II

54. **LE COUP DU PÈRE FRANÇOIS** (1963)
Spécial-Police 358 – **(S-A 21)** – O.C. XI

55. **LE GALA DES EMPLUMÉS** (1963)
Spécial-Police 385 – **(S-A 41)** – O.C. V

56. **VOTEZ BÉRURIER** (1964)
Spécial-Police 391 – **(S-A 22)** – O.C. I

57. **BÉRURIER AU SÉRAIL** (1964)
Spécial-Police 427 – **(S-A 87)** – O.C. III

58. **LA RATE AU COURT-BOUILLON** (1965)
Spécial-Police 443 – **(S-A 88)** – O.C. I

59. **VAS-Y BÉRU** (1965)
Spécial-Police 485 – **(S-A 23)** – O.C. VIII

60. **TANGO CHINETOQUE** (1966)
Spécial-Police 511 – **(S-A 24)** – O.C. VI

61. **SALUT, MON POPE !** (1966)
Spécial-Police 523 – **(S-A 25)** – O.C. X

62. **MANGE, ET TAIS-TOI !** (1966)
Spécial-Police 565 – **(S-A 27)** – O.C. XII

63. **FAUT ÊTRE LOGIQUE** (1967)
Spécial-Police 577 – **(S-A 28)** – O.C. X

64. **Y'A DE L'ACTION !** (1967)
Spécial-Police 589 – **(S-A 29)** – O.C. XIII

65. **BÉRU CONTRE SAN-ANTONIO** (1967)
Spécial-Police 613 – **(S-A 31)** – O.C. XII

66. **L'ARCHIPEL DES MALOTRUS** (1967)
Spécial-Police 631 – **(S-A 32)** – O.C. XI

67. **ZÉRO POUR LA QUESTION** (1968)
Spécial-Police 643 – **(S-A 34)** – O.C. XIII

68. **BRAVO, DOCTEUR BÉRU** (1968)
Spécial-Police 661 – **(S-A 35)** – O.C. XIV

69. **VIVA BERTAGA** (1968)
Spécial-Police 679 – **(S-A 37)** – O.C. XIV

70. **UN ÉLÉPHANT, ÇA TROMPE** (1968)
Spécial-Police 697 – **(S-A 38)** – O.C. XIV

71. **FAUT-IL VOUS L'ENVELOPPER ?** (1969)
Spécial-Police 709 – **(S-A 39)** – O.C. XIV

72. **EN AVANT LA MOUJIK** (1969)
Spécial-Police 766 – **(S-A 89)** – O.C. XIV

73. **MA LANGUE AU CHAH** (1970)
Spécial-Police 780 – **(S-A 90)** – O.C. XV

74. **ÇA MANGE PAS DE PAIN** (1970)
Spécial-Police 829 – **(S-A 92)** – O.C. XV

75. **N'EN JETEZ PLUS !** (1971)
Spécial-Police 864 – **(S-A 93)** – O.C. XV

76. **MOI, VOUS ME CONNAISSEZ ?** (1971)
Spécial-Police 893 – **(S-A 94)** – O.C. XV

77. **EMBALLAGE CADEAU** (1972)
Spécial-Police 936 – **(S-A 96)** – O.C. XVI

78. **APPELEZ-MOI CHÉRIE** (1972)
Spécial-Police 965 – **(S-A 97)** – O.C. XVI

79. **T'ES BEAU, TU SAIS !** (1972)
Spécial-Police 980 – **(S-A 99)** – O.C. XVI

80. **ÇA NE S'INVENTE PAS** (1973)
(S-A 1) – O.C. XVI

81. **J'AI ESSAYÉ, ON PEUT** (1973)
(S-A 6) – O.C. XVII

82. **UN OS DANS LA NOCE** (1974)
(S-A 17) – O.C. XVII

83. **LES PRÉDICTIONS DE NOSTRABÉRUS** (1874)
(S-A 20) – O.C. XVII

84. **METS TON DOIGT OÙ J'AI MON DOIGT** (1974)
(S-A 26) – O.C. XVII

85. **SI, SIGNORE** (1974)
(S-A 30) – O.C. XVIII

86. **MAMAN, LES PETITS BATEAUX** (1975)
(S-A 33) – O.C. XVIII

87. **LA VIE PRIVÉE DE WALTER KLOZETT** (1975)
(S-A 36) – O.C. XVIII

88. **DIS BONJOUR À LA DAME** (1975)
(S-A 42) – O.C. XVIII

89. **CERTAINES L'AIMENT CHAUVE** (1975)
(S-A 46) – O.C. XIX

90. **CONCERTO POUR PORTE-JARRETELLES** (1976)
(S-A 52) – O.C. XIX

91. **SUCETTE BOULEVARD** (1976)
(S-A 60) – O.C. XIX

92. **REMETS TON SLIP, GONDOLIER** (1977)
(S-A 64) – O.C. XIX

93. **CHÉRIE, PASSE-MOI TES MICROBES !** (1977)
(S-A 69) – O.C. XX

94. **UNE BANANE DANS L'OREILLE** (1977)
(S-A 75) – O.C. XX

95. **HUE, DADA !** (1977)
(S-A 79) – O.C. XX

96. **VOL AU-DESSUS D'UN LIT DE COCU** (1978)
(S-A 82) – O.C. XX

97. **SI MA TANTE EN AVAIT** (1978)
(S-A 85) – O.C. XXI

98. **FAIS-MOI DES CHOSES** (1978)
(S-A 91) – O.C. XXI

99. **VIENS AVEC TON CIERGE** (1978)
(S-A 95) – O.C. XXI

100. **MON CULTE SUR LA COMMODE** (1979)
(S-A 98) – O.C. XXI

101. **TIRE-M'EN DEUX, C'EST POUR OFFRIR** (1979)
(S-A 100) – O.C. XXII

102. **À PRENDRE OU À LÉCHER** (1980)
(S-A 101) – O.C. XXII

103. **BAISE-BALL À LA BAULE** (1980)
(S-A 102) – O.C. XXII

104. **MEURS PAS, ON A DU MONDE** (1980)
(S-A 103) – O.C. XXII

105. **TARTE À LA CRÈME STORY** (1980)
(S-A 104) – O.C. XXIII

106. **ON LIQUIDE ET ON S'EN VA** (1981)
(S-A 105) – O.C. XXIII

107. **CHAMPAGNE POUR TOUT LE MONDE !** (1981)
(S-A 106) – O.C. XXIII

→ À partir du 108e roman ci-dessous, la numérotation affichée auparavant sur les ouvrages de la collection « *San-Antonio* » correspond à l'ordre chronologique. Le numéro actuel et le précédent sont donc identiques. Mais, pour éviter toute équivoque, nous continuons tout de même à les mentionner l'un et l'autre jusqu'au bout.

108. **LA PUTE ENCHANTÉE** (1982)
(S-A 108) – O.C. XXIII

109. **BOUGE TON PIED QUE JE VOIE LA MER** (1982)
(S-A 109) – O.C. XXIV

110. **L'ANNÉE DE LA MOULE** (1982)
(S-A 110) – O.C. XXIV

111. **DU BOIS DONT ON FAIT LES PIPES** (1982)
(S-A 111) – O.C. XXIV

112. **VA DONC M'ATTENDRE CHEZ PLUMEAU** (1983)
(S-A 112) – O.C. XXV

113. **MORPION CIRCUS** (1983)
(S-A 113) – O.C. XXV

114. **REMOUILLE-MOI LA COMPRESSE** (1983)
(S-A 114) – O.C. XXV

115. **SI MAMAN ME VOYAIT !** (1983)
(S-A 115) – O.C. XXV

116. **DES GONZESSES COMME S'IL EN PLEUVAIT** (1984)
(S-A 116) – O.C. XXVI

117. **LES DEUX OREILLES ET LA QUEUE** (1984)
(S-A 117) – O.C. XXVI

118. **PLEINS FEUX SUR LE TUTU** (1984)
(S-A 118) – O.C. XXVI

119. **LAISSEZ POUSSER LES ASPERGES** (1984)
(S-A 119) – O.C. XXVI

120. **POISON D'AVRIL ou la vie sexuelle de Lili Pute** (1985)
(S-A 120) – O.C. XXVII

121. **BACCHANALE CHEZ LA MÈRE TATZI** (1985)
(S-A 121) – O.C. XXVII

122. **DÉGUSTEZ, GOURMANDES !** (1985)
(S-A 122) – O.C. XXVII

123. **PLEIN LES MOUSTACHES** (1985)
(S-A 123) – O.C. XXVII

124. **APRÈS VOUS S'IL EN RESTE, MONSIEUR LE PRÉSIDENT** (1986)
(S-A 124) – O.C. XXVIII

125. **CHAUDS, LES LAPINS !** (1986)
(S-A 125) – O.C. XXVIII

126. **ALICE AU PAYS DES MERGUEZ** (1986)
(S-A 126) – O.C. XXVIII

127. **FAIS PAS DANS LE PORNO...** (1986)
(S-A 127) – O.C. XXVIII

128. **LA FÊTE DES PAIRES** (1986)
(S-A 128) – O.C. XXIX

129. **LE CASSE DE L'ONCLE TOM** (1987)
(S-A 129) – O.C. XXIX

130. **BONS BAISERS OÙ TU SAIS** (1987)
(S-A 130) – O.C. XXIX

131. **LE TROUILLOMÈTRE À ZÉRO** (1987)
(S-A 131) – O.C. XXIX

132. **CIRCULEZ ! Y A RIEN À VOIR** (1987)
(S-A 132)

133. **GALANTINE DE VOLAILLE POUR DAMES FRIVOLES** (1987)
(S-A 133)

134. **LES MORUES SE DESSALENT** (1988)
(S-A 134)

135. **ÇA BAIGNE DANS LE BÉTON** (1988)
(S-A 135)

136. **BAISSE LA PRESSION, TU ME LES GONFLES !** (1988)
(S-A 136)

137. **RENIFLE, C'EST DE LA VRAIE** (1988)
(S-A 137)

138. **LE CRI DU MORPION** (1989)
(S-A 138)

139. **PAPA, ACHÈTE-MOI UNE PUTE** (1989)
(S-A 139)

140. **MA CAVALE AU CANADA** (1989)
(S-A 140)

141. **VALSEZ, POUFFIASSES** (1989)
(S-A 141)

142. **TARTE AUX POILS SUR COMMANDE** (1989)
(S-A 142)

143. **COCOTTES-MINUTE** (1990)
(S-A 143)

144. **PRINCESSE PATTE-EN-L'AIR** (1990)
(S-A 144)

145. **AU BAL DES ROMBIÈRES** (1990)
(S-A 145)

146. **BUFFALO BIDE** (1991)
(S-A 146)

147. **BOSPHORE ET FAIS RELUIRE** (1991)
(S-A 147)

148. **LES COCHONS SONT LÂCHÉS** (1991)
(S-A 148)

149. **LE HARENG PERD SES PLUMES** (1991)
(S-A 149)

150. **TÊTES ET SACS DE NŒUDS** (1991)
(S-A 150)

151. **LE SILENCE DES HOMARDS** (1992)
(S-A 151)

152. **Y EN AVAIT DANS LES PÂTES** (1992)
(S-A 152)

153. **AL CAPOTE** (1992)
(S-A 153)

154. **FAITES CHAUFFER LA COLLE** (1993)
(S-A 154)

155. **LA MATRONE DES SLEEPINGES** (1993)
(S-A 155)

156. **FOIRIDON À MORBAC CITY** (1993)
(S-A 156)

157. **ALLEZ DONC FAIRE ÇA PLUS LOIN** (1993)
(S-A 157)

158. **AUX FRAIS DE LA PRINCESSE** (1993)
(S-A 158)

159. **SAUCE TOMATE SUR CANAPÉ** (1994)
(S-A 159)

160. **MESDAMES VOUS AIMEZ « ÇA »** (1994)
(S-A 160)

161. **MAMAN, LA DAME FAIT RIEN QU'À ME FAIRE DES CHOSES** (1994)
(S-A 161)

162. **LES HUÎTRES ME FONT BÂILLER** (1995)
(S-A 162)

163. **TURLUTE GRATOS LES JOURS FÉRIÉS** (1995)
(S-A 163)

164. **LES EUNUQUES NE SONT JAMAIS CHAUVES** (1996)
(S-A 164)

165. **LE PÉTOMANE NE RÉPOND PLUS** (1995)
(S-A 165)

166. **T'ASSIEDS PAS SUR LE COMPTE-GOUTTES** (1996)
(S-A 166)

167. **DE L'ANTIGEL DANS LE CALBUTE** (1996)
(S-A 167)

168. **LA QUEUE EN TROMPETTE** (1997)
(S-A 168)

169. **GRIMPE-LA EN DANSEUSE** (1997)
(S-A 169)

170. **NE SOLDEZ PAS GRAND-MÈRE, ELLE BROSSE ENCORE** (1997)
(S-A 170)

171. **DU SABLE DANS LA VASELINE** (1998)
(S-A 171)

172. **CECI EST BIEN UNE PIPE** (1999)
(S-A 172)

173. **TREMPE TON PAIN DANS LA SOUPE** (1999)
(S-A 173)

174. **LÂCHE-LE, IL TIENDRA TOUT SEUL** (1999)
(S-A 174)
(ces deux derniers romans sont à lire à la suite car ils constituent une seule histoire répartie en deux tomes)

175. **CÉRÉALES KILLER** (2001) – parution posthume
(original non numéroté : v. ci-dessous)

B) Les Hors-Collection

Neuf romans, de format plus imposant que ceux de la « série », sont parus depuis 1964. Tous les originaux aux éditions FLEUVE NOIR, forts volumes cartonnés jusqu'en 1971, puis brochés. Ces ouvrages sont de véritables feux d'artifice allumés par la verve de leur auteur. L'humour atteint souvent ici son paroxysme.

Bérurier y tient une place « énorme », au point d'en être parfois la vedette !

Remarque importante : outre ces neuf volumes, de nombreux autres « Hors-Collection » – originaux ou rééditions de *Frédéric Dard* – signés **San-Antonio** ont été publiés depuis 1979. Ces livres remarquables, souvent bouleversants *(Faut-il tuer les petits garçons qui ont les mains sur les hanches ?, La vieille qui marchait dans la mer, Le dragon de Cracovie...)* ne concernent pas notre policier de choc et de charme. Sont mentionnés dans les « Hors-Collection » ci-dessous uniquement les romans dans lesquels figure le *Commissaire San-Antonio !*

- **L'HISTOIRE DE FRANCE VUE PAR SAN-ANTONIO**, 1964 – réédité en 1997 sous le titre **HISTOIRE DE FRANCE**
- **LE STANDINGE SELON BÉRURIER**, 1965 – réédité en 1999 sous le titre **LE STANDINGE**
- **BÉRU ET CES DAMES**, 1967 – réédité en 2000
- **LES VACANCES DE BÉRURIER**, 1969 – réédité en 2001
- **BÉRU-BÉRU**, 1970 – réédité en 2002
- **LA SEXUALITÉ**, 1971 – réédité en 2003
- **LES CON**, 1973 – réédité en 2004
- **SI QUEUE-D'ÂNE M'ÉTAIT CONTÉ**, 1976 (aventure entièrement vécue et racontée par Bérurier) – réédité en 1998 sous le titre ***QUEUE D'ÂNE***
- **NAPOLÉON POMMIER**, 2000

→ Paru en 2001 dans un format « moyen » non numéroté, **CÉRÉALES KILLER** est bien le 175e roman de la série *San-Antonio*. Réédité en poche en 2003.

2. Guide thématique de la série « San-Antonio »

Les aventures de San-Antonio sont d'une telle richesse que toute tentative pour les classifier ne prêterait – au mieux – qu'à sourire si l'on devait s'en tenir là. Une mise en schéma d'une telle œuvre n'a d'intérêt que comme jalon, à dépasser d'urgence pour aller voir « sur place ». Comment rendre compte d'une explosion permanente ? Ce petit guide thématique n'est donc qu'une « approche », partielle, réductrice, observation d'une constellation par le tout petit bout de la lorgnette. San-Antonio, on ne peut le connaître qu'en le lisant, tout entier, en allant se regarder soi-même dans le miroir que nous tend cet auteur de génie, le cœur et les yeux grands ouverts.

Dans les 175 romans numérotés parus au Fleuve Noir, on peut dénombrer, en simplifiant à l'extrême, 10 types de récits différents. Bien entendu, les sujets annexes abondent ! C'est pourquoi seul a été relevé ce qu'on peut estimer comme le thème « principal » de chaque livre.

Le procédé vaut ce qu'il vaut, n'oublions pas que « simplifier c'est fausser ». Mais il permet – en gros, en très gros ! – de savoir de quoi parlent les *San-Antonio,* sur le plan « polar ». J'insiste : gardons à l'esprit que là n'est pas le plus important. *Le plus important, c'est ce qui se passe entre le lecteur et l'auteur, et qu'on ne pourra jamais classer dans telle ou telle catégorie.*

Avertissement

Comme il serait beaucoup trop long de reprendre tous les titres, seuls leurs *numéros* sont indiqués sous chaque rubrique. ATTENTION : ce sont les numéros de la collection « *San-Antonio* » référencée **S-A** dans la bibliographie ! En effet, les ouvrages de cette collection sont et seront encore disponibles pendant longtemps.

Néanmoins, ces numéros sont chaque fois rangés dans l'ordre chronologique des parutions, du plus ancien roman au plus récent.

A. Aventures de Guerre, ou faisant suite à la Guerre.

Pendant le conflit 39-45, San-Antonio est l'as des *Services Secrets.* Résistance, sabotages, chasse aux espions avec actions d'éclat. On plonge ici dans la « guerre secrète ».

→ S-A **107** (reprise du tout premier roman de 1949) • S-A **43** • S-A **44** • S-A **47**

Dans les années d'après-guerre, le commissaire poursuit un temps son activité au parfum de contre-espionnage (espions à identifier, anciens collabos, règlements de comptes, criminels de guerre, trésors de guerre). Ce thème connaît certains prolongements, bien des années plus tard.

→ S-A **45** • S-A **50** • S-A **63** • S-A **68** • S-A **78**

B. Lutte acharnée contre anciens (ou néo-)nazis

La Guerre n'est plus du tout le « motif » de ces aventures, même si l'enquête oppose en général San-

Antonio à d'anciens nazis, avec un fréquent *mystère à élucider.* C'est pourquoi il était plus clair d'ouvrir une nouvelle rubrique. Les ennemis ont changé d'identité et refont surface, animés de noires intentions ; à moins qu'il s'agisse de néo-nazis, tout aussi malfaisants.

→ S-A **54** • S-A **58** • S-A **59** • S-A **38** • S-A **92** • S-A **93** • S-A **42** • S-A **123** • S-A **151**

C. San-Antonio opposé à de dangereux trafiquants

Le plus souvent en mission à l'étranger, San-Antonio risque sa vie pour venir à bout d'individus ou réseaux qui s'enrichissent dans le trafic de la drogue, des armes, des diamants… Les aventures démarrent pour une autre raison puis le trafic est découvert et San-Antonio se lance dans la bagarre.

→ S-A **3** • S-A **65** • S-A **67** • S-A **18** • S-A **14** • S-A **110** • S-A **159**

D. San-Antonio contre Sociétés Secrètes : un homme traqué !

De puissantes organisations ne reculent devant rien pour conquérir pouvoir et richesse : *Mafia* (affrontée par ailleurs de manière « secondaire ») ou *sociétés secrètes* asiatiques. Elles feront de notre héros un homme traqué, seul contre tous. Il ne s'en sortira qu'en déployant des trésors d'ingéniosité et de courage.

→ S-A **51** • S-A **138** • S-A **144** • S-A **160** • S-A **170** • S-A **171** • S-A **172** • S-A **173**

Certains réseaux internationaux visent moins le profit que le chaos universel. San-Antonio doit alors défier lors d'aventures échevelées des groupes *terroristes* qui cherchent à dominer le monde. Frissons garantis !

→ S-A **34** • S-A **85** • S-A **103** • S-A **108**

E. Aventures *personnelles* : épreuves physiques et morales

Meurtri dans sa chair et ses sentiments, San-Antonio doit *s'arracher à des pièges mortels.* Sa « personne » – sa famille, ses amis – est ici directement visée par des individus pervers et obstinés. Jeté aux enfers, il remonte la pente et nous partageons ses tourments. C'est sans doute la raison pour laquelle plusieurs de ces romans prennent rang de *chefs-d'œuvre.* Bien souvent, le lecteur en sort laminé par les émotions éprouvées, ayant tout vécu de l'intérieur !

→ S-A **61** • S-A **70** • S-A **86** • S-A **27** • S-A **97** • S-A **36** • S-A **111** • S-A **122** • S-A **131** • S-A **132** • S-A **139** • S-A **140** • S-A **174** • **175**

F. À la poursuite de voleurs ou de meurtriers

Pour autant, on peut rarement parler de polars « classiques ». Ce sont clairement des *enquêtes,* mais à la manière (forte) de San-Antonio !

• Enquêtes « centrées » sur le vol ou l'escroquerie

Les meurtres n'y manquent pas, mais l'affaire tourne toujours autour d'un vol (parfois chantage, ou fausse monnaie...). Peu à peu, l'étau se resserre autour des malfaiteurs, que San-Antonio, aux méthodes « risquées », finit par ramener dans ses filets grâce à son cerveau, ses poings et ses adjoints.

→ S-A **2** • S-A **62** • S-A **73** • S-A **80** • S-A **10** • S-A **25** • S-A **90** • S-A **113** • S-A **149**

• **Enquêtes « centrées » sur le meurtre**

À l'inverse, ces aventures ont le meurtre pour fil conducteur. San-Antonio doit démêlcr l'écheveau et mettre la main sur le coupable, en échappant bien des fois à la mort. Vol et chantage sont encore d'actualité, mais au second plan.

→ S-A **55** • S-A **8** • S-A **76** • S-A **9** • S-A **5** • S-A **81** • S-A **83** • S-A **84** • S-A **41** • S-A **22** • S-A **23** • S-A **28** • S-A **35** • S-A **94** • S-A **17** • S-A **26** • S-A **60** • S-A **100** • S-A **116** • S-A **127** • S-A **128** • S-A **129** • S-A **133** • S-A **135** • S-A **137** • S-A **143** • S-A **145** • S-A **152** • S-A **161** • S-A **163**

• (Variante) **Vols ou meurtres *dans le cadre d'une même famille***

→ S-A **4** • S-A **7** • S-A **74** • S-A **46** • S-A **91** • S-A **114** • S-A **141** • S-A **148** • S-A **154** • S-A **165**

G. Affaires d'enlèvements

Double but à cette *poursuite impitoyable* : retrouver les ravisseurs et préserver les victimes !

→ S-A **56** (porté à l'écran sous le titre *Sale temps pour les mouches*) • S-A **16** • S-A **13** • S-A **19** • S-A **39** • S-A **52** • S-A **118** • S-A **125** • S-A **126** • S-A **136** • S-A **158**

H. Attentats ou complots contre hauts personnages

Chaque récit tourne autour d'un attentat – visant souvent la sécurité d'un état – que San-Antonio doit à tout prix empêcher, à moins qu'il n'ait pour mission de… l'organiser au service de la France !

→ • S-A **48** • S-A **77** • S-A **11** • S-A **21** • S-A **88** • S-A **96** • S-A **33** • S-A **95** • S-A **98** • S-A **102** • S-A **106** • S-A **109** • S-A **120** • S-A **124** • S-A **130**

I. Une aiguille dans une botte de foin !

À partir d'indices minuscules, San-Antonio doit *mettre la main sur un individu, une invention, un document* d'un intérêt capital. Chien de chasse infatigable, héroïque, il ira parfois au bout du monde pour dénicher sa proie.

→ S-A **49** • S-A **53** • S-A **57** • S-A **66** • S-A **71** • S-A **72** • S-A **40** • S-A **15** • S-A **12** • S-A **87** • S-A **24** • S-A **29** • S-A **31** • S-A **37** • S-A **89** • S-A **20** • S-A **30** • S-A **69** • S-A **75** • S-A **79** • S-A **82** • S-A **101** • S-A **104** • S-A **105** • S-A **112** • S-A **115** • S-A **117** • S-A **119** • S-A **121** • S-A **134** • S-A **142** • S-A **146** • S-A **147** • S-A **150** • S-A **153** • S-A **156** • S-A **157** • S-A **164** • S-A **166** • S-A **167**

J. Aventures aux thèmes entremêlés

Quelques récits n'ont pris place – en priorité du moins – dans aucune des rubriques précédentes. Pour ceux-là, le choix aurait été artificiel car aucun des motifs ne se détache du lot : ils s'ajoutent ou s'insèrent l'un dans l'autre. La caractéristique est donc ici *l'accumulation des thèmes.*

→ S-A **32** • S-A **99** • S-A **1** • S-A **6** • S-A **64** • S-A **155** • S-A **162** • S-A **168** • S-A **169**

SANS OUBLIER...

Voilà donc répartis en thèmes simplistes *tous* les ouvrages de la série. Mais les préférences de chacun sont multiples. Plus d'un lecteur choisira de s'embarquer dans un « San-Antonio » pour des raisons fort éloignées de la thématique du polar. Encore heureux ! On dépassera alors le point de vue du spécialiste, pour ranger de nombreux titres sous des bannières différentes. Avec un regard de plus en plus coloré par l'affection.

Note

Contrairement à ce qui précède, certains numéros vont apparaître ici à plusieurs reprises. C'est normal : on peut tout à la fois éclater de rire, pleurer, s'émerveiller, frissonner, s'émouvoir… dans un même *San-Antonio !*

• ***Incursions soudaines dans le fantastique***

Au cours de certaines affaires, on bascule tout à coup dans une ambiance mystérieuse, avec irruption du « fantastique ». San-Antonio se heurte à des faits *étranges :* sorcellerie, paranormal, envoûtement...

→ S-A **28** • S-A **20** • S-A **129** • S-A **135** • S-A **139** • S-A **140** • S-A **152** • S-A **172** • S-A **174**

• ***Inventions redoutables et matériaux extraordinaires***

Dans plusieurs romans, le recours à un attirail futuriste entraîne une irruption soudaine de la *science-fiction.* Il arrive même qu'il serve de motif au récit. Voici un échantillon de ces découvertes fabuleuses pour lesquelles on s'entretue :

Objectif fractal (un grain de beauté photographié par satellite !), réduction d'un homme à 25 cm, armée tenue en réserve par cryogénisation, échangeur de personnalité, modificateur de climats, neutraliseur de volonté, lunettes de télépathie, forteresse scientifique édifiée sous la Méditerranée, fragment d'une météorite transformant la matière en glace, appareil à ôter la mémoire, microprocesseur réactivant des cerveaux morts, et j'en passe... !

→ S-A **57** • S-A **12** • S-A **41** • S-A **23** • S-A **34** • S-A **35** • S-A **37** • S-A **89** • S-A **17** • S-A **20** • S-A **30** • S-A **64** • S-A **69** • S-A **75** • S-A **105** • S-A **123** • S-A **129** • S-A **146**

• ***Savants fous et terrifiantes expériences humaines***

→ S-A **30** • S-A **52** • S-A **116** • S-A **127** • S-A **163**

• ***Romans « charnière »***

Sont ainsi désignés les romans où apparaît pour la première fois un nouveau personnage, qui prend définitivement place aux côtés de San-Antonio.

S-A **43** : Félicie (sa mère), *en 1950.*
S-A **45** : Le Vieux (Achille), *en 1952.*
S-A **49** : Bérurier, *en 1953.*
S-A **53** : Pinaud, *en 1954.*
S-A **66** : Berthe (première apparition physique), *en 1957.*
S-A **37** : Marie-Marie, *en 1968.*
S-A **94** : Toinet (ou Antoine, le fils adoptif de San-Antonio), *en 1971.*
S-A **128** : Jérémie Blanc, *en 1986.*
S-A **168** : Salami, en *1997.*
S-A **173** : Antoinette (fille de San-Antonio et Marie-Marie), en *1999.*

Mathias, le technicien rouquin, est apparu peu à peu, sous d'autres noms.

• ***Bérurier et Pinaud superstars !***

Le Gros, l'Inénarrable, Béru ! est sans conteste le plus brillant « second » du commissaire San-Antonio. Présent dans la majorité des romans, il y déploie souvent une activité débordante. Sans se hisser au même niveau, le doux et subtil Pinaud tient aussi une place de choix…

· *participation* importante *de Bérurier*

→ S-A **18** • S-A **10** • S-A **11** • S-A **14** • S-A **22** • S-A **88** • S-A **23** • S-A **24** • S-A **27** • S-A **28** • S-A **32** • S-A **34** • S-A **37** • S-A **89** • S-A **90** • S-A **93** • S-A

97 • S-A **1** • S-A **20** • S-A **30** • S-A **33** • S-A **46** • S-A **52** • S-A **75** • S-A **101** • S-A **104** • S-A **109** • S-A **116** • S-A **126** • S-A **145** • S-A **163** • S-A **166**

N'oublions pas les « Hors-Collection », avec notamment *Queue d'âne* où Bérurier est seul présent de bout en bout !

· *participation* importante *de Bérurier* et *Pinaud*
→ S-A **12** • S-A **87** • S-A **25** • S-A **35** • S-A **96** • S-A **105** • S-A **111** • S-A **148** (fait exceptionnel : San-Antonio ne figure pas dans ce roman !) • S-A **156**

• ***Marie-Marie, de l'enfant espiègle à la femme mûre***

Dès son apparition, Marie-Marie a conquis les lecteurs. La fillette malicieuse, la « Musaraigne » éblouissante de *Viva Bertaga* qui devient femme au fil des romans est intervenue dans plusieurs aventures de San-Antonio.

· *Fillette espiègle et débrouillarde :*
→ S-A **37** • S-A **38** • S-A **39** • S-A **92** • S-A **99**

· *Adolescente indépendante et pleine de charme :*
→ S-A **60** • S-A **69** • S-A **85**

· *Belle jeune femme, intelligente et profonde :*
Il ne s'agit parfois que d'apparitions intermittentes.
→ S-A **103** • S-A **111** • S-A **119** • S-A **120** • S-A **131** (où Marie-Marie devient veuve !) • S-A **139** • S-A **140** • S-A **152**

· *Femme mûre, mère d'Antoinette (fille de San-Antonio) :*
→ S-A **173** • S-A **174** • **175**

• ***Le rire***

Passé la première trentaine de romans (et encore !), le *rire* a sa place dans toutes les aventures de San-Antonio, si l'humour, lui, est *partout,* y compris au cœur de la colère, de l'amour et de la dérision. Mais plusieurs aventures atteignent au délire et nous transportent vraiment d'hilarité par endroits. Dans cette catégorie décapante, on conseillera vivement :

→ S-A **10** • S-A **14** • S-A **87** • S-A **88** • S-A **23** • S-A **25** • S-A **2** • S-A **35**

Y ajouter, là encore, tous les « Hors-Collection ». Qui n'a pas lu *Le Standinge, Béru-Béru* ou *Les vacances de Bérurier* n'a pas encore exploité son capital rire. Des romans souverains contre la morosité, qui devraient être remboursés par la Sécurité Sociale !

• ***Grandes épopées planétaires***

San-Antonio – le plus souvent accompagné de Bérurier – nous entraîne aux quatre coins de la planète dans des aventures épiques et « colossales ». Humour, périls mortels, action, rebondissements.

→ S-A **10** • S-A **87** • S-A **88** • S-A **24** • S-A **37** • S-A **89**

• ***Les « inoubliables »***

Je rangerais sous ce titre quelques romans-choc (dont certains ont déjà été cités plusieurs fois, notamment dans les épopées ci-dessus). On tient là des *chefs-d'œuvre,* où l'émotion du lecteur est à son comble. Bien sûr, c'est subjectif, mais quel autre critère adopter pour ce qui relève du coup de cœur ? Lisez-les : vous serez vite convaincus !

→ S-A **61** • S-A **70** • S-A **83** • S-A **10** • S-A **87** • S-A **88** • S-A **24** • S-A **25** • S-A **37** • S-A **111** • S-A **132** • S-A **140**

POUR FINIR...

Il ne me reste plus qu'à souhaiter à tous ceux qui découvrent les aventures de San-Antonio (comme je les envie !) des voyages colorés, passionnants, émouvants, trépidants, surprenants, pathétiques, burlesques, magiques, étranges, inattendus ; des séjours enfiévrés ; des rencontres mémorables ; des confidences où l'intime se mêle à l'épopée.

Quant aux autres, ils savent déjà tout ça, n'est-ce pas ?

Ce qui ne les empêche pas de revisiter à tout instant la série *San-Antonio,* monument de la littérature d'évasion, pour toujours inscrit à notre patrimoine.

Raymond Milési

Correspondance entre l'ancienne numérotation de la collection « San-Antonio » et la nouvelle numérotation chronologique *portée sur chaque roman réimprimé à partir de 2003.*

S-A	→	*chrono*
S-A 1	→	*80*
S-A 2	→	*9*
S-A 3	→	*10*
S-A 4	→	*11*
S-A 5	→	*38*
S-A 6	→	*81*
S-A 7	→	*31*
S-A 8	→	*32*
S-A 9	→	*37*
S-A 10	→	*48*
S-A 11	→	*49*
S-A 12	→	*50*
S-A 13	→	*51*
S-A 14	→	*53*
S-A 15	→	*39*
S-A 16	→	*40*
S-A 17	→	*82*
S-A 18	→	*47*
S-A 19	→	*52*
S-A 20	→	*83*
S-A 21	→	*54*
S-A 22	→	*56*
S-A 23	→	*59*
S-A 24	→	*60*
S-A 25	→	*61*
S-A 26	→	*84*
S-A 27	→	*62*
S-A 28	→	*63*
S-A 29	→	*64*
S-A 30	→	*85*
S-A 31	→	*65*
S-A 32	→	*66*
S-A 33	→	*86*
S-A 34	→	*67*
S-A 35	→	*68*
S-A 36	→	*87*
S-A 37	→	*69*
S-A 38	→	*70*
S-A 39	→	*71*
S-A 40	→	*30*
S-A 41	→	*55*
S-A 42	→	*88*
S-A 43	→	*2*
S-A 44	→	*3*
S-A 45	→	*4*
S-A 46	→	*89*
S-A 47	→	*5*
S-A 48	→	*6*
S-A 49	→	*7*
S-A 50	→	*8*
S-A 51	→	*12*
S-A 52	→	*90*
S-A 53	→	*13*
S-A 54	→	*14*
S-A 55	→	*15*
S-A 56	→	*16*

S-A 57	→	***17***
S-A 58	→	***18***
S-A 59	→	***19***
S-A 60	→	***91***
S-A 61	→	***20***
S-A 62	→	***21***
S-A 63	→	***22***
S-A 64	→	***92***
S-A 65	→	***23***
S-A 66	→	***24***
S-A 67	→	***25***
S-A 68	→	***26***
S-A 69	→	***93***
S-A 70	→	***27***
S-A 71	→	***28***
S-A 72	→	***29***
S-A 73	→	***33***
S-A 74	→	***34***
S-A 75	→	***94***
S-A 76	→	***35***
S-A 77	→	***36***
S-A 78	→	***41***
S-A 79	→	***95***
S-A 80	→	***42***
S-A 81	→	***43***
S-A 82	→	***96***
S-A 83	→	***44***
S-A 84	→	***45***
S-A 85	→	***97***
S-A 86	→	***46***
S-A 87	→	***57***
S-A 88	→	***58***
S-A 89	→	***72***
S-A 90	→	***73***
S-A 91	→	***98***
S-A 92	→	***74***
S-A 93	→	***75***
S-A 94	→	***76***
S-A 95	→	***99***
S-A 96	→	***77***
S-A 97	→	***78***
S-A 98	→	***100***
S-A 99	→	***79***
S-A 100	→	***101***
S-A 101	→	***102***
S-A 102	→	***103***
S-A 103	→	***104***
S-A 104	→	***105***
S-A 105	→	***106***
S-A 106	→	***107***
S-A 107	→	***1***

À partir du n° **108**, les numéros de la collection « **S-A** » coïncident exactement avec les numéros ***chronologiques***.

R. Milési

Achevé d'imprimer sur les presses de

BUSSIÈRE

GROUPE CPI

à Saint-Amand-Montrond (Cher)
en février 2006

FLEUVE NOIR
12, avenue d'Italie
75627 Paris Cedex 13
Tél. : 01-44-16-05-00

— N° d'imp. : 60277. —
Dépôt légal : mars 2006.

Imprimé en France